字
句
———
Lette

无 尽 的 河 流

[摩洛哥] 阿卜杜勒法塔赫·基利托  著

武韦杭  译

Abdelfattah Kilito

# 我说所有语言，
# 但以阿拉伯语

Je parle toutes les langues,
mais en arabe

上海人民出版社

对于一个作家而言，改变语言，就像用字典写一封情书。

——齐奥朗，《供词与诅咒》

# 目　录

**我们如何成为单一语言使用者？**

壁　垒　/ 003

苍白的面孔　/ 011

语言，我的理性　/ 023

我伊甸园的文字　/ 037

望风的语言　/ 045

波洛对诺冬　/ 051

远在天边，近在眼前　/ 059

**你无法翻译我**

关于翻译　/ 079

原　版　/ 085

目眩的公鸡　/ 101

但丁和麦阿里　/ 121

《堂吉诃德》，由阿拉伯丝线织出

　　的布匹？ ／ 127

殖民地文学 ／ 139

罗兰·巴特和小说 ／ 153


**对一话**

"离家出走，永远离家

　　出走" ／ 167

有关错误的喜剧 ／ 177

以风为履的人 ／ 187

忽略暗示法 ／ 193

"像鹅卵石般平滑的面庞" ／ 199

梅德布和他的一众分身 ／ 205

对游戏的遗忘 ／ 211

在拉鲁伊的一页上 ／ 223

迷人之物 ／ 233

读者的语言 ／ 241


**译后记** ／ 253

我们如何成为单一语言使用者？

# 壁　垒

在麦阿里[①]那部描述彼岸世界的作品《宽恕书简》[②]中，有一段相当奇异，是关于首个人类所使用的语言的。我们从中得以获知，在伊甸园

---

① 艾布·麦阿里（al-Ma'arri, 973—1057），阿拉伯盲人哲学家、诗人、作家，生于阿巴斯王朝马雷特努曼，持有非宗教世界观，认为理性是真理和启示的主要来源，他被称为"悲观的自由思想家"，对犹太教、基督教、伊斯兰教和袄教皆持批判态度，是自然神论者。麦阿里倡导社会公义，过着隐居、禁欲的生活。他也是纯素主义的创始人。*编者注*

② 《宽恕书简》（*L'épître du pardon*）是麦阿里的代表作。本书作于1032 年，起因是一位名为伊本·格利哈（Ibn al-Qarih）的诗人从阿勒颇来信谈及伪信者和无神论者的情况，并请教文学、哲学、历史、宗教等问题。麦阿里即创作一部长篇散文作为答复。在书中，作者展开大胆想象，在末日后升上天堂，见到了不该在此的阿拉伯蒙昧时期的几位诗人。他询问原因，得知他们得到了真主的宽恕，而没有得到宽恕者则进入地狱，此书即由此得名。*编者注*

里，亚当说的是阿拉伯语，而一旦被逐出伊甸园，他就遗忘了阿拉伯语而开始说叙利亚语了。就这样，空间的转变，在他身上还伴随着丧失一种语言和获得另一种语言；对原生语言的遗忘被看作一种惩罚。当然，在复活与重返天国后，亚当又将忘记叙利亚语，恢复与阿拉伯语的联系。

人们并不会免受惩处地变换其所处的空间：我们冒着的，是忘记自己语言的风险；也就是说，我们冒着成为他人的风险。很多马格里布人和阿拉伯人都能在亚当的故事中看到现今的自己。不管怎么说，他们都习得了一种外语并"忘记"了他们自己的语言。

直到七岁那年，我还只认得阿拉伯语，并且由于我不记得自己是怎么习得它的了（谁又记得自己是如何学会说话的呢？），我几近相信这门语言是我与生俱来的一部分。它与我成长于其中的世界——我的家园、我的家庭、我所居住的街区所处的那个世界——是那么协调。

因此这个世界本身就是自给自足的，它封闭而完美。我仅隐约知道一些信仰异教的人是说法语或西班牙语的。

我学习法语源于一场历史，或者更确切地说是地理偶然。如果我出生于摩洛哥北部，我应该就会学习塞万提斯的语言①，并且我想那样我的事业、我的命运，都会走上一条不同的路径。而我开始置身法语环境，是因为我来到了拉巴特②，来到了法国保护下的地区。

一天早上，我的父亲没询问我的意见，便带着我去了学校。去学校的路途堪称一场旅行：我们得离开家，离开穆斯林区，穿过重重壁垒，前往新城，踏上城中我以前从未探索过的领地。我第一次见到马拉着的敞篷马车，以及一些罕见的汽车。在学校的院子里有许多孩子，大声嚷嚷着跑向各处。由于我不认识他们，我即刻想象他们对我怀有敌意。在这混乱的中心，我寻找着我父亲以寻求他的庇护：他却消失了。我觉得被抛弃

① 即西班牙语。译者注
② 摩洛哥首都。译者注

了，不知所措，茫然若失（我那时还不知道小拇指①的故事）。然而在下课之后，对此我虽然几乎已无记忆，却神奇地自己回到了家里。我重新见到了父母，并且与亚当不同，我也并没有忘了阿拉伯语。

接下来，像这样从穆斯林区去往城墙壁垒的另一边、从熟悉的区域前往陌生之地的旅程变成了日常。这同样是从口语到书面语言的旅程：法语作为一种与书写密不可分的语言，成了我必须使用的语言；通过拼读字母和将它们记在本子上，我学习这门语言；我学这门语言不是为了去说它，而是为了用它去读和写。一旦我下了课，这门语言就像隐去了一般，因为我并没有任何机会去使用它。诚然，渐渐地，我有了一些说法语的机会，但除非是与老师对话，不然我永远不会有

---

① "小拇指"（le petit poucet），见载于佩罗童话。故事讲的是一个因为个头小而被称为"小拇指"的小孩，被父母抛弃在森林里，但因为他拿了石子做标记，找到了回家的路。之后他又一次被父母抛弃，但做标记的面包被鸟吃了，他进了食人魔的小屋，并最终战胜了食人魔，带着食人魔的宝物和财富回到了家。**译者注**

练习它的机会。在教育机构以外的地方，它并不常用：学生之间不会使用它，在家里则被禁止。这是分隔的语言？这或许是摩洛哥有史以来第一次，孩子们接受一门对他们父母而言完全陌生的语言。

尽管我们的听写做得足够正确、写作也足够好，我们仍然很难流利地说法语；总之不像法语母语者说得那么好。并且这种情况，就我个人而言，一直延续到如今。我所掌握的仅是书面化的、文学性的法语，而除了这一种语汇之外，对除了书面化文学性之外的法语我自觉完全力不从心。我用这种语汇说话，就像我用它写作一样，不同的是，在需要时，我无法回过头来修正我所说过的话。

我在学法语的同时学习的古典阿拉伯语①，

---

① 古典阿拉伯语是从 7 世纪开始并在整个中世纪使用的阿拉伯语的标准文学形式，如诗歌，高级散文和演讲，也是伊斯兰教的礼拜语言。现代标准阿拉伯语是古典阿拉伯语的直接后裔，今天在整个阿拉伯世界用于书面和正式讲话。在阿拉伯世界，古典阿拉伯语和现代标准阿拉伯语之间几乎没有区别，两者在阿拉伯语中通常被称为 al-fushā，意思是"最雄辩的"。编者注

同样被局限于学校里、书本上。就像法语一样，我们学这门语言是为了读它、写它。尽管阿拉伯方言与标准阿拉伯语相当接近，两者的功能却各有分工：方言是为了日常交流，标准阿拉伯语则与宗教，与政治，与一切高尚、官方、郑重之事相联。因此，后者也叫人有点害怕，因为它很容易变成官样文章。我们不会说它；说它的机会甚至比法语还少；我们甚至可以说，除去某些情境，这门语言被禁止使用，否则说的人就会沦为笑柄：比如说，在购物时，没有什么会让人想起来去使用这门语言。它是神圣之事的语言，是吟诵诗歌的语言，是宣讲铺陈的语言，是文学的语言。对我来说，它主要是研讨会的语言：长篇大论，在这种情况下，是我变身的过程：我感觉到自己身上的转变，我变成一个沮丧的演说者，一个羞耻的演员，犹豫着，随时可能在这儿或那儿的性、数、格变化上跌跤。

我说阿拉伯方言，读古典阿拉伯语。[①] 我的教育的确使我习惯于只读以法语和以书面阿拉伯语书写的文本。诚然，有一些诗歌、记叙和格言是用方言书写的，但它们对我而言，基本上一直与口语相关联。当我读到它们的时候，我会有一种奇怪的感受：由于不熟悉，我像是在破译这些文字，就像它们是用外语写成的那样。用方言说话有多简单，用它阅读就有多费力，并且布满了陷阱。这说明法语和古阿拉伯语拥有这一共同之处——它们同为书写的语言，所以也都是文学的语言。是借助了它们，我才得以获得了阅读文学文本的欢愉。

---

[①] 艾梅·塞泽尔（Aimé Césaire, 1913—2008）的一个看法让我有些吃惊："当人们开始写克里奥尔语，当人们开始教授它，这些人并不会为此感到快乐 [……]。最近，我遇到一个女人，我问她：'女士，您把您的孩子们送去了学校。您知道，最近施行了一项极其值得关注的举措：学校将会教授克里奥尔语。您对此是否满意呢？'她回答我说：'我会满意？不，因为我把孩子送去上学，不是为了让他学克里奥尔语，而是为了学法语。克里奥尔语，该教他这门语言的是我，并且在我家。'"
《我是黑鬼，我将一直是黑鬼》（*Nègre je suis, nègre je resterai*，与弗朗索瓦丝·维尔吉丝 [Françoise Vergès] 的对谈，巴黎，阿尔班·米歇尔出版社 Albin Michel, pp.41—42。）作者注（后未说明的均为作者注）

欢愉的语言，但也是会用错的语言，因为我总是担心不能"正确地"使用它们。这个问题在我说阿拉伯方言时并不存在：我可以在说方言时犯下诸多口误，而绝不会有文法上的错误；这也是一种安全感的来源。我从方言里学到的东西，是我一下子就学会了的；可以说自从三岁以来，我对于方言的认知就再未加深过。我过去一直觉得，方言中再没有什么神秘领域、没有什么我还未知的隐秘角落了。法语和书面阿拉伯语则不同；我学了它们之后，学习也一直持续。我与它们的关系基本基于书写，每写下一句我都告诉自己，我可能在句法、在时态、在词尾上犯错。多年以来，我的水平确实进步了，但我从未完全掌握它们。并且，被一种负罪感折磨的我，是否应该不断自我监督，也是我一直考虑的。风险众多，而一个错误就可能代价高昂；我可能在任何时候行差踏错，而有时很难在跌倒后重新站起来。

# 苍白的面孔

在谈到双语的时候，我们有时会援引一个典型的连环画式的表达："分叉的舌头"①，在印第安土语中，这一表达指向谎言、虚伪、双关。白人是主要指涉对象："苍白的面孔有分叉的舌头。"它通过皮肤颜色和语言形式来进行区分；邪恶的本质隐藏在一个吸引人的外表下。印第安人，对

---

① "分叉的舌头"这一说法，被美洲印第安土著用来形容来自欧洲的白人殖民者善于欺骗。而"分叉的舌头"也可解释为"分叉的语言"，引申为双关或者双语。作者本人曾于1993年在《穆斯林世界与地中海地区期刊》上发表过一篇名为"分叉的舌头"的文章，讨论有关双语的问题。（Kilito Abdelfattah. La langue fourchue. In : *Revue du monde musulman et de la Méditerranée*, n° 70, 1993. Épreuves d'écritures maghrébines, sous la direction de Kacem Basfao, pp. 71—75.）译者注

他们来说语言是直接和同一的，话语是真实的，他们给与了白人信任，但随后苦涩地发现他们就此犯了错。

因此印第安人的话是针对白色面孔的。他们站着，面对面。印第安人抱着胳膊，显示他们克制的愤怒，并使用第三人称和他们的对话者说话。用哪种语言？对于孩童时期的我，这个问题并不存在；我看到的那幅连环画是法语的，也并没设想过它可以以其他方式表现。说实话，这个问题对曾经的我是完全陌生的：法语在我看来和它随附的图像一样明显，并且，我那时也并不在意这幅插图的国籍，就像我不关心其中人物使用的土语的身份。他们说他们该说的语言，连环画的语言，在这里是法语……然而，有些表达本该使我不安的，一些咒骂，比如"天杀的"（goddamn）。

如今，我感到另一种我无法驱散，至少无法剥离的担忧。"苍白的面孔有分叉的舌头"：这句话绝不可能是用法语喊出的（魁北克绝非连环画的选定之地，至少不是我读的那些连环画的）。
因此我想印第安人是用他们自己的语言来说白人
面孔，而后者，基于他们所掌握的简单事实而
言，有分叉的舌头。

但也要设想到另一个更令人激动的假设：
印第安人说的是英语，白人的语言；除此之外，
印第安人说的唯一的词就是"吁"①。如果是这
样，印第安人就是说两种语言的，而他们的交
谈对象，尽管他们是白人，也是单一语种使用
者。但如果这么说的话，那就是印第安人而非
白面孔的人有分叉的舌头，因为他们为了表达
自己，借用了他们指控为舌头分叉者所使用的
语言……

人如何能成为只使用一种语言的人呢？在我
很小的时候，甚至在上小学之前，就已经知道阿
拉伯语外另一门语言的存在——我居住街区的杂

---

① 我将这个感叹词理解为一种"模仿美洲印第安人战争时发出的
喊叫的拟声词"。

货店员说的柏柏尔语①。如果说柏柏尔语对那时的我而言与杂货店相连（我当时很显然完全没有意识到阿马齐格②文化的丰富性），法语则和一种奇怪而难以命名的食物紧密相连：一种被切成两半、中间有夹心的小面包。在去学校的路上，我会从一个兵营前走过，我常在那儿看到一个卫兵，那是个高大、健壮、面颊绯红、身上斜挂着冲锋枪的法国人，全力吃一只三明治。我是在很多年后才发现"三明治"这一源于英语的词汇的；并且，就在最近，我才知道它是"得名于三明治伯爵的姓，他的厨师发明了这种食物形式，好让他免于离开牌桌"。

　　法语是教员的语言、课本的语言、作业的语言、外来陌生的语言、双重意义上的外来语

---

① "柏柏尔"一词源于希腊语"barbaros"，到古罗马演变为"barbarus"，之后成为阿拉伯语中的"barbar"和法语中的"berbère"。这一词的原意是"语言不被理解的人"，也就是"外来的人"，推而广之，也有"野蛮"和"未开化"之意。**译者注**

② 阿马齐格人（amazighe），或柏柏尔人，是北非的土著族群。"阿马齐格"是这一族群的自称，意思是"自由的人"或"高贵的人"，而"柏柏尔人"则是外族对他们的称呼。**译者注**

言（它是由他者说的语言，也是在外国、在我们国家以外说的语言）。令我大为惊讶的是，我在西班牙旅行期间（那是在 1964 年），能听懂我对他们用这种语言说话的西班牙人我一个都没遇到（更别提阿拉伯语了）！当时我常碰到的都是些普通平民，他们看上去都是些快乐的单一语言使用者，没感到任何学习另一种语言的必要，对这些人来说用西班牙语便足够了。一种语言便足够了，任何一种语言的使用者都会这么告诉我。谁说不是呢……马格里布人通过经验，知道当阿拉伯语有了法语的帮助，生活会更容易。在日常生活的交流中，无论在实际中还是理论上他们都是使用两种语言的；同样，法语对他们，确切而言，也并不真的是一门外语。

重新说回西班牙，我在那儿过了几天，携带的全部行李就是对马尔罗的《希望》和对海明威的《丧钟为谁而鸣》的记忆（在去一个国家旅行时，我总是带着该国的文学形象一起：在映入眼帘的风景和场景里，我近乎天真地找寻一些倒

影，对阅读记忆的一种重现）。我没有随身带着
书，而在我鼓起勇气进入了的图书馆中，一本法
语的书也没有。我花了些时间才搞清那些西班牙
人只读西班牙语的书，使来自一个法语书店和阿
拉伯语书店一样多国家的我深感震惊。然而，在
科尔多瓦或马德里散步途中，我读海报、广告
牌、杂志名、报纸标题，我惊讶地发现自己能明
白一些词的意思、一些源于阿拉伯语的词。于是
西班牙语对我来说，变得奇怪地熟悉起来，它像
是一种隐迹写本①，显露一门古代语言的诸多遗
存、一种被抹去的书写的旧迹。直到现在，我仍
不能在遇到一个西班牙语表达时不去对它做一种
字谜思考，不去试着回溯它的阿拉伯语词源，即
使通常的结果是完全的迷失。不用提，一个西班
牙人或一个法国人也会毫无困难地在摩洛哥阿拉

---

① 隐迹写本，即 "palimpseste"。中世纪时羊皮纸造价昂贵，因此
会在已经使用的羊皮纸上抹去已有文字重新使用，这样的手写
本就叫隐迹写本。现代工艺可使被抹去的文字复现。作者用分
层多义的隐迹写本这一意象说明他眼中阿拉伯语对西班牙语的
影响。**译者注**

伯语方言中发现他们语言的词汇。

我们知道，一个法国人来到拉巴特或卡萨布兰卡很难因身处异地而感到不习惯：他总能发现说他的语言的人。一个报亭会立刻暴露双语制，而后者构成了摩洛哥的基本特征（人们会发现，法语的日报、周报和杂志与阿拉伯语的同样多）。这种双语现象在广播、电视以及教学和行政机关中同样显著：街道的名字由两种语言、两种文字写就。造成这种情况的原因众所周知；在一个双语制是基础，并且双语现象可以为所有阶层所感知的环境中，作家以语言分叉的形象出现一点也不让人吃惊。

那些用阿拉伯语书写的作家形象又是怎样呢？从某种程度上，他们同样有着分叉的语言，不仅因为他们都或多或少会点法语，法语的表达和措辞常溜进他们的文本中，尤其因为他们的文学模式有一部分是法国式的。至于其他人，那些"使用法语的人"（一个含义丰富的词汇），他们坚持认为他们说阿拉伯语，他们的创造也受其影响；他们的确用法语书写，但他们保证，阿拉伯语并未就此被遗忘；他们因此邀请人们像读隐迹写本一样读他们的文本：在法语文字背后是阿拉伯语。不单纯的写作，阅读也会模糊……

"为什么您用法语写作？"—— 一个惯常向以法语发表作品的作家提出的问题，也是个既让人恼火又让人内疚的问题[①]。对它的回答显示出措辞的谨慎微妙。作家提到历史、提到他受到的教育，他会说，他用法语时感觉更自由，说他会更少地感到性与政治禁忌的沉重感。他会进一步论证自己无法用另一种语言写作，而有时他会遮遮掩掩地说到法语给他带来的愉悦。他不总是承认其中存在某种优越感，因为他用这种语言写作、有双重读者群体（又是分叉的舌头！），并受益于更广泛的传播度。我们可以做出另一个假设：写作，是超越自我，有需要的话，要跳脱出

---

① 这篇文章写于 1998 年，情况现在早已改变：摩洛哥方言（达里贾，darija）有它坚定的拥护者，而塔马齐特语（tamazight）于 2011 年已经成为官方语言。

自己的母语和它们保持距离；当作家有选择的可能时，他可以选择一门与母语相距甚远的语言、一门完全陌生的语言，这样他可以尽可能接近自己……

但这些"法语使用者"不会进一步去回答由另一个问题、另一个故事（又或许是相同的？）提出的问题："为什么我应该用阿拉伯语写作？"事实上，阿拉伯语才是我们的国语，不是吗？它难道不是被认为是"从海洋到海湾"的广大地区渴望建立的联盟的基础要素吗？而实际上，那些用阿拉伯语写作的人从未被问过这个陷阱般的问题；没人会问他为什么会用这种语言写作，这是自发的、完全自然而然的。他不需要去自证、去合理化他的语言选择；他做了好的选择。但他真的选择了吗？或者更宽泛地问，我们选择自己写作的语言吗？

分叉的语言，分叉的文学。这不是我们在独立之时所预期的。那时人们以为，在对欧洲开放的同时，文人会一力促进以阿拉伯语为基础的民

族文化的发展。但是，这并不是我们的现状，远
远不是。总的来说，每年出版的法语书和阿拉伯
语书一样多。它们针对两个读者群体，两者之间
通常相互无视，彼此分属两个不同的世界。学术
作品要么研究用阿拉伯语写就的文学，要么研究
"以法语为表达方式的马格里布文学"（我们从
不会说"阿拉伯语写就的马格里布文学"）。我几
乎没听过同时接近这两种书写形式的研究。

　　不久之前，我作为评审成员参与了一场关于
现代摩洛哥诗歌的博士论文答辩。博士论文的作
者，顺带一提他相当优秀，研究了阿拉伯语的诗
歌书写，而对诗人用法语写的内容未置一词。但
最让人疑惑的是，作者甚至没想过要将这些内容
也并入其研究内容中。我鼓起全身勇气，羞怯问
道为什么他没有试图做一些这些诗人的"法语诗
歌"的研究，哪怕简单也好，去充实他的想法。
他吃惊地看着我，并且，我猜测，是带着一丝责
备地回答我说，他的题目太广泛，他只能将他
的研究限于诗人用阿拉伯语写就的内容中。沉闷

的、搪塞的回答。有那么一瞬的尴尬，众人大概也感受到了。通过提起一个令人痛苦的、没有人想要真正涉及的问题，我感到自己违反了一种禁忌，或者说至少打破一种心照不宣的默认，我们可以如此总结：各种语言的文学各行其是。

可能正是在这种隐晦的默认中，在这种对两个世界间断层的应允、在这种阻碍彼此认可的消极同谋中，潜藏着摩洛哥双语制的主要问题。与其说，生活在一种双语交流的语境中，不如说，我们生活在一个两种单一语言并行的环境中。可以肯定的是，这一切都是未来历史学家重新编写当代摩洛哥文学的好素材。

## 语言，我的理性

  阿拉伯语单词"'aql"，对应"理性"、"智识"，在词源上意味着"绳索"、"束缚"；理性就像这样，以"缰绳"或"枷锁"的形象出现。它显露的形象像马拉美（在他以"纯洁、活泼、美丽，它今天……"开头的诗歌里）描绘的天鹅一样，被锁于冰川，为解放自我而徒劳地扇动翅膀；或者像更朴实的形象，像被绳子牵住以防止它随心所欲地走动的骆驼。被束缚的我也这样被我的语言拴着，因此我是这样无可挽回地被固定在地上，我的行动也这样被限制于我被困的狭小空间里。在用我的语言写成的古老寓言里打转的我，凝视远处并仔细观察地平线，彼岸是我想象不出来的世界。

人们告诉我：你有两种语言，两重约束；作为马格里布人，和作为阿拉伯人，你多多少少像是双重的骆驼，或者，如果你更偏爱这种说法，骆驼与天鹅的叠加。你不是既往左看又往右看吗？不正是这种双重视角，这多倍的吸引力，让你能够谈论语言，因为不然你就无法谈论它吗？

我知道：要谈论语言，就必须了解至少两种语言。的确，纯粹的单一语言使用者，如果这种物种存在的话，有时只立足于他们自己语言说话；但如果他们说话时考虑到他们语言的过去与现在，审视它们不同的层面、不同的方言、种种个人习惯用语和社会习惯用语，那么任何一种语言都是多种并且多态的。有时会发生这样的情况，被比较的语汇其中一方是一种动物的语言；这就是我们在打开阿拉伯语书写的关于修辞学的书时遇到的情况：使我们有别于兽类的对上帝的赞美，赐予了我们宣之于口的语言……同样，我们在不知晓其他文学，甚至也不知晓其他文学是否存在的情况下，谈论一种文学是否可能。是否会有一种文学理论家，是只知道自己民族的文学的呢？

和众多摩洛哥的读者一样，我和文学的相遇，无论是阿拉伯语或是法语文学，都是借由那些"读本"的"选段"内容发展起来的。真的说起来，书本上的相遇，对于常去古兰经学校①的人来说，是从那儿开始的。我们在那儿阅读，或者更准确地说我们在那儿不假思索地吟诵，我们在那儿将《古兰经》铭记于心，从最后的章节开始，从那些最短的、看似最容易记忆的章节开始（相反它们在我看来是最难立即理解的）。我们从后向前继续倒序阅读，溯源到越来越长的章节，直到篇幅最宏大的一章，关于牝牛的那一

---

① 古兰经学校（Kuttab）是现代教育出现前，穆斯林占多数的国家的一种古老的教育场所。编者注

章;① 于是在这条路径的终点，我们抵达经文的开头……不必赘述一直走完这条路径并将整本《古兰经》铭记在心的学生并不多。但不管真正吸收了的文本有多少，这也是我们第一次面对文学，更广义上讲，第一次面对文字、写作、书本。

在古兰经学校之后，又有所谓现代的学校。对我们学生来说，"文学"与背诵20世纪甚至一千年以前的阿拉伯诗歌无异——鉴于阿拉伯文学语言演变的缓慢，这并不奇怪。法语则相反，我们不会回溯到杜·贝莱以前："幸福的人，如同尤利西斯，进行过好一番畅游……"②

对完整文学作品的了解要归功于从开罗和贝鲁特进口的出版物，这两个城市在我们眼里

---

① 关于牝牛的一章，即《古兰经》的第二章"Al-Baqarah"（按照奥斯曼版本顺序），这章是关于先知穆萨与以色列人关于献祭一头牛的争执。这是《古兰经》最长的一章，有286节经文，其中第282节也是《古兰经》最长的一节。译者注
② 杜·贝莱（Du Bellay，1522—1560），七星诗社成员，他的诗歌为法语摆脱拉丁语影响作出了贡献。此处引用的是他《悔恨集》（Regrets）中的诗句。译者注

富于魔力，那儿的生物属于更高等的物种，是
支配者。除了从这两个首都来的还有在巴黎和
伦敦——两个更为神秘的城市——出版的书籍的
翻译版；欧洲文学就这样以东方为中介来到我们
身边。这些书以极低的价格出售：《侠盗绅士亚
森·罗宾》被放在《人猿泰山》的边上，但同时
旁边还有托尔斯泰、萨特和莫拉维亚。值得一提
的是，译者有时被当成作者一样来介绍。我还记
得一本叫《安达卢斯的阿拉伯人》（*Les Arabes en
Andalousie*）的书；在它的封面上只有一个名字，
唯一一个，阿里·阿尔贾里穆（'Alî al-Jârim）。
作者的名字？不，是译者的名字，作者的名字只
出现在书内一页上，用的是最小号字体，很难
被看到，注定会被遗忘或是被忽略。我不记得
了；那是一个法国作者，一个西班牙人，还是个
英国人？这在当时毫不重要；放一堆野蛮又复杂
的欧洲名字，除了会使阿拉伯语文本看上去不那
么漂亮，又有什么其他意义呢？这是个颠倒的世
界：作者隐形了，而常规是译者才是不那么引人

注意的那个。同样的评语我们还可以放在曼法鲁蒂[①]——阿拉伯语文学界的安托万·加朗[②]——的"作品"上。曼法鲁蒂翻译的作品包括《保罗和维尔吉尼》(*Paul et Virginie*),《西哈诺·德·贝杰拉克》(*Cyrano de Bergerac*,常被译为"大鼻子情圣"),在他给它们重新取了自创的标题之后,阿拉伯语读者中又有谁了解创作这些作品的法国作家的名字呢?

我是以阿拉伯语阅读的《悲惨世界》和《安娜·卡列尼娜》,后者毫无疑问还是由另一种中间语言——英语或是法语——转译过来的。然而,在雨果和托尔斯泰作品的封面上,标着这样一句:"完整且忠实的翻译"(*tarjama kâmila*

---

① 穆斯塔法·卢特菲·曼法鲁蒂(Mustafa Lutfi el-Manfaluti,1876—1924)是一位埃及作家和诗人,他出生于埃及曼法鲁特,父亲是埃及人,母亲是土耳其人。他用阿拉伯语翻译了许多著名的书籍,如小仲马的《茶花女》、夏多布里昂的《阿达拉》,并将其删改成较短篇幅收录在他的作品集《泪珠集》中。编者注

② 安托万·加朗(Antoine Galland,1646—1715),法国翻译家、东方学家、考古学家,第一位将《一千零一夜》翻译成欧洲语言的人。对欧洲文学的发展,以及欧洲人对伊斯兰世界的观感有相当大的影响。译者注

*amîna*）。令人放心的说明，即使一开始读者并不觉得有这样的必要：翻译必须是完整且忠实的。它真的只是一句浮泛之语吗？显然不是：它是在警告不忠实的和似是而非的翻译的危险：流通中的许多版本都被删减、节选了，但对我们来说，我们是在抵制并且不屈服于这种诱惑；我们的翻译，你们将读到的内容，是完全可信、可靠的。

如果这句说明不是全无用处的话（不幸的是，确有不怎么样的版本），那么它反而是多余的：当一个翻译是完整的，它必然是忠实的，反之亦然。坚持这一点是为了说明我提出的这个观点是忠实的。实际上，这一按语针对的是谁呢？译者？编辑？或许是这两者：他们声明自己的忠实，喊出他们的德行，对此庄严宣誓。最终这句话体现了宣誓的意义：我们发誓我们不会欺骗，我们提供的文学产品不会操纵人心或弄虚作假，绝无让人却步的恶行。但是我从小就学会了对那些动不动就宣誓的人心存怀疑，怀疑他们大部分都是骗子。起誓变成承认自己的谎言、在认罪书上签字；我自己的话，如果我被发现犯了错，我会请上帝证明我的清白。同样，"完整且忠实的翻译"，这一说明不过是一种不诚实的宣传、一场唯利是图的骗局。对我这种懂宣誓的专家来说，它清清楚楚地意味着"不完整和不忠实的翻译"。

当时的文学界（如今成了什么样呢？）允许，或者说容忍这样的行为。这些都是在"父辈暧昧的同意"下进行的，我在此脱离原本的语境下引用卡夫卡之语。父辈，伟大的人物，教育者。又是一层狡猾的谎言：教书育人者从不说谎……更别提对象是一本书了：我竟会怀疑一本书，这简直是一种异端、一种无信仰的言论。那时的我无法预见有一天我会读到阿加莎·克里斯蒂的《罗杰疑案》，最终凶手不是别人，就是叙述者自己。那时的我还无法承认，书本中也会包含错误、删节和遗漏。

但是，那时的我习惯于电影中的"剪切跳

转"：我进入黑暗的放映厅，已然知道接下来会
有被削减的内容，这甚至是规则，除了在电影院
人们会注意到它、激烈地发出嘘声表示抗议；而
在文学中，我们不会立即意识到它，而是通常在
多年以后，才以意外的方式发觉。有天当我走进
法国的一家图书馆就是这样的情形：我看到了排
成一排的七卷本《悲惨世界》，至少七倍于阿拉
伯语译本的内容。翻译莎士比亚却不让哈姆雷特
在戏剧结尾死去的译者，又怎么说？马尔德吕斯
医生①，从他的角度，将他的版本的《一千零一
夜》介绍成"对阿拉伯原文书面化且完整的翻
译"；他在撒谎，这是肯定的，不然他就会避免
这样说。

　　幸运的是，有站不住脚的翻译，也有无可指
摘的翻译。我们会怀着钦佩提及的翻译：哈桑·奥

---

① 约瑟夫·夏尔·马尔德吕斯（Joseph Charles Mardrus，1868—
1949），医生、诗人、法语译者，在马拉美的鼓励下，他于 1898
至 1904 年间翻译了十六卷本、116 个故事的《一千零一夜》新
译本，相比较安托万·加朗的译本，他的译本更显情欲氛围。
译者注

斯曼 ① 翻译的《神曲》和阿卜杜勒·拉赫曼·巴
达维 ② 翻译的《堂吉诃德》。可惜，它们并不是
严格的完整与忠实的译作：先知穆罕默德的段落
在两个版本被删去，从其余被忠实翻出的部分中
剔除。我们别忘了，不忠实总是与某种形式的忠
实并行：安托万·加朗在他翻译的《一千零一夜》
中省去了色情片段与对诗文的引用，这当然是对
阿拉伯原文的背叛，但也忠实展现出他所处时代
的精神、他同时代者的预期。阿拉伯语翻译的但
丁和塞万提斯并没有产生很多共鸣！相反，曼法
鲁蒂不忠实的版本产生了惊人的影响力；他的翻
译更应该被看作改编之作，并且，一定程度上可
以被看作原创作品；它是阿拉伯语文学的一部分，

---

① 哈桑·奥斯曼（Hasan 'Uthman），埃及人，翻译了第一部完整并
　忠于原著的《神曲》阿拉伯语译本，于 1959 至 1969 年间出版。
　他翻译的三卷本按照阿拉伯文学传统，以韵文的形式呈现，富
　于音韵节奏的美感，并附有信息详实的引言、分析性概要和附
　录。编者注
② 阿卜杜勒·拉赫曼·巴达维（Abdel Rahman Badawi，1917—
　2002）是埃及存在主义哲学家、哲学教授和诗人。他被称为"阿
　拉伯存在主义的首要大师"。他熟练掌握阿拉伯语、英语、西班
　牙语、法语、德语和意大利语，并能阅读希腊语、拉丁语和波
　斯语。编者注

应该将它和同一时代下创作出的一众小说等量齐观……同理，加朗版本的《一千零一夜》该算作法语文学，就像《卡里来和笛木乃》（*Kalîla et Dimna*）是阿拉伯语文学的重要标杆一样。文学创作和翻译并驾齐驱，遗憾的是我们并没有给与译者同等的重要性：教授诸如现代阿拉伯文学史的教材，会教授诸如现代阿拉伯文学是如何从所谓"复兴"（*nahda*）到 19 世纪中叶形成的，而不会同时研究翻译的历史 [1]。

到 19 世纪，疲软的、苟延残喘的阿拉伯文学，在与旧日幽魂的无尽对话中濒死，关于这一点，引用歌德的话说："每一种文学都会在对自我的乏味中破产，如果它不能通过一种外国文学的参与新生的话。" [2] 有哪个 12 到 19 世纪间的阿拉伯诗人、散文家，我们还可以叫得出名字

---

[1] 不用赘述我们在这里讨论的是在东方而非在马格里布的阿拉伯语文学。

[2] 转引安托万·贝尔曼（Antoine Berman，1942—1991），《异域的考验：德国浪漫主义时期的文化与翻译》（*L'épreuve de l'étranger. culture et traduction dans l'Allemagne romantique*），巴黎，伽利玛出版社（Gallimard），1948，p. 106。

呢？翻译最终拯救了阿拉伯文学：翻译坚定地伴随着文学，并且，借由同化新的文学体式和采纳新颖的书写方式，翻译极大促进了文学的新生。翻译同样为文学语言的更新出了份力，后者已经经历过天翻地覆的变化，确切地说，是因为我们的书写是以我们吸收了一种欧洲语言为背景的。不太久之前，根据使用的外语不同，我们可以发现不同的灵敏度：英语区埃及人的书写（al-'Aqqâd, al-Mâzinî）和法语区的就不相同（Taha Husayn, Tawfîq al-Hakîm）。外国语言训练加工了他们的创作语言，塑造了后者并且赋予后者一种独有的易于辨认的形式。这是很容易被察觉的，无论是风格，提到的大都市是伦敦还是巴黎，还是在文学引用上：萧伯纳，没有任何法语区的人会提到他，保罗·瓦莱里，没有任何英语区的人会引用他。就我个人而言，我更偏向法语区；英语区的人，虽然他们同样是用阿拉伯语写作，对我来说就有点奇怪，这一点恐怕直到如今还是如此。

1827 年，歌德发现："民族文学的意义如今已经衰微，现在到了世界文学的时代，每个人都应该尽力加速这个时代的到来。"[1] 同它诸多的组成部分——小说、诗歌、戏剧、批评一样，现代阿拉伯文学在某种程度上，是欧洲文学"忠实而完整"的一种翻译、一面镜子、一个或多或少映出别处产出物的倒影——巴黎和伦敦的。它越接近别处，成长得越好；重点不在于身份或真实性；对于特殊性的放弃只是通向现代性的代价，通向的不是别的，而正是 Weltliteratur（世界文学），它必定是复数的……厌倦自己、反刍着自己过去的"英姿勃勃"（他"想起正是自己"）[2] 的骆驼，终于开始在天鹅递来的冰中凝视自己。

---

[1] *op. cit.*, p. 106.
[2] 都是对马拉美天鹅诗的引用。译者注

# 我伊甸园 ① 的文字

在小学时，和文学的接触不仅是通过对文本的阅读实现，还有抄写。抄写似乎是种让人放松的工作，甚至是一种愉悦的来源，至少对于一些人来说是这样，除了那些在印刷术发明前将抄写当作职业的人。他们中的一个，伊本·阿尔哈迪那（Ibn al-Hâdina）的梦一直让我觉得好笑：一晚他昏昏欲睡，梦到自己来到了天堂；平躺着、跷着二郎腿的他欢呼道："现在，我终于摆脱抄书了！"

① 原文为 "Jardin"，字面意义上是 "花园"，联系上下文此处指 "彼世、天国、乐园"。译者注

这个梦让人想起布瓦尔和佩库歇[1]，"这两个抄写员，布瓦尔在一家商社工作，佩库歇则在海军部"。当他们在一个星期天相遇并且认识了之后，布瓦尔不禁发出一声感叹："我们要是在乡下的话该有多好！"他们最终实现了他们的梦想，接下来的进展大家都知道了：他们开始研习各种科学与文科学科，并且每次都感到失望和不满……[2]这部小说没有完成，但福楼拜留下了后续的草稿，其中这一段应该位于小说的结尾："好的想法从他们各自的头脑中暗暗产生。他们对彼此掩藏它们的来临——当灵感非常偶然地潜入他们的头脑时，他们露出微笑——然后他们同时将这些想法相互传递给彼此：抄写 […] 在有两个斜面的办公桌前炮制 […] 购买本子以及各种用具，雄黄，刮刀，等等。［……]他们沉浸其中。"

---

[1] *Bouvard et Pécuchet*，福楼拜未完的同名小说中的人物。译者注

[2] 如果我在古代生活，我大概会选择抄写员作为职业。这一点我在《尼采之马》（*Le cheval de Nietzsche*）中多少提过，我在那篇文章中描绘了一个只能通过抄写来阅读的人。

　　福楼拜受到巴特勒米·莫里斯（Barthélemy
Maurice）的短篇小说《两个书记官》的启发。
罗贝尔和安德里亚，三十八岁，是法院书记员；
从早上六点站到午夜，他们脑中唯一一件事，就
是在他们职业生涯结束的那一天，他们再也不抄
写了。等他们退休，他们就会搬进一所位于乡下
的房子，尽情打猎和钓鱼，但直到那天，没有默
读习惯的罗贝尔发现，当他高声朗读《法庭公报》
时，安德里亚躲躲藏藏地写下他念出的内容，他
们才发现备受期待的天堂其实是地狱。罗贝尔立
马明白了。"因此这两个老人每天一个口述一个
听写来自娱；因此他们最后的乐趣，真正的、唯
一的欢愉，是虚拟地重拾这一枯燥活计，三十八
年间他们将这活计作为职业，并且可能不为他们
所知的是，也成为他们一生的幸福。"在这种激
情中，就像所有福楼拜的人物一样，他们重新开
始了这项曾经为他们所厌恶的活动。起初，他们
不敢对彼此显露这一倾向，仿佛这是一种堕落；
当他们最终发现他们共享相同的渴望时，他们又

是多么宽慰！

罗贝尔和安德里亚斯并不试图创作他们自己的作品，抄写或者说听写就足够令他们满足了。布瓦尔和佩库歇则不然，他们抱有创作一部戏剧的愿望（"困难的是主题"），再来是创作一部小说（"为了创作一部小说，他们在他们的回忆里寻觅"）……

在学校，作文训练让我们快速认识到，抄写文章和自己创作一篇截然不同。诸多研究已经表明，一个时代的文学主题和课堂上提供的作文题目有很高的相似性，两者都渗入了一种时代气息。毕竟，作文就是一种文学作品——它是种困难的练习，当然没有抄写那么怡人，但总的来说令人心安，既然我们是在老师的监管下写作。问题是从我们决定不再受到监管开始的：当然，人们常会有打破禁区的想法，不然人为何在大多数时候都偷偷越界呢？如果一个人在展示自己的作品时犹豫的话，那也是因为人们预计到身边的人会表现出冷淡、嘲弄，甚至多少还会显露一丝敌意。

　　人们会对您的写作泼冷水（并且有时对于阅读也一样），但您会坚持待在您的狂热中！堂吉诃德比任何人都更了解，他，作为一个伟大的读者，会使他所遇见的所有人都惊讶于他的博学。他游荡在田园风光里，他的阅读经验跟随着他，像他不可能摆脱的沉重行李一样，就像福楼拜和莫里斯式的人物持续受他们原先抄写员职业的控制那样。最离奇的是在堂吉诃德第一次出逃期间，他注意着不让任何人注意到他的出走："就这样，不告知任何人他的意图，也没有被任何人看见，一天早上，在拂晓之前 [……] 他从乡村出走。"① 他离开他的房子，离开他私人的领域、他的围墙、他的阅读，好奔向冒险，但他的出走也伴随着不安，以及值得注意的是，他是"从

---

① "炎炎七月的一天早上，天还没亮，他浑身披挂，[……] 从院子的后门出去，到了郊外。他没把心上的打算向任何人泄露，也没让一个人看见。"杨绛译，人民文学出版社 2019 年版。
编者注

他养家禽的后院的假门"① 离开的⋯⋯在我看来，作家同样从他家由一道隐秘暗门出走了。

至于伊本·阿尔格利哈（Ibn al-Qârih），麦阿里《宽恕书简》的主人公，这个与堂吉诃德有一些相似的人，在彼世也无法摆脱他在此世的人生中习得的诗学与文献学知识。他观察到，他在天堂和地狱遇见的一些诗人也是同样的情况：他们不再写诗（他们为何要写呢？），但他们大都为他们在尘世时所写的诗作所困：他们重现、抄写、模仿这些诗作曾经的样子。可以说，麦阿里描绘出一个完全是此世镜像的彼世②。在这个乐园里，诗歌继续盛放。

表面上，本篇开始提到的梦想者不能进入天

---

① 原文为"fausse porte"，通常被画在墙上作为装饰，并不是真的门。此处应指家禽进出的小门。译者注
② 彼世可以是其他样子的吗？着重指出"想象他者的无力"的罗兰·巴特观察到，在幻想小说中，"火星隐含了一种沿袭地球模式的历史决定论。[⋯⋯] 而如果我们登陆到我们所设想的火星上，我们只会发现另一个地球，我们甚至不能在这两个从同一历史生成的产物中分辨出哪一个才是我们的星球"。（《神话修辞学》[Mythologies]，巴黎，赛伊出版社 [Le Seuil]，"要点"丛书，1957，p.43）。

堂，除非他不再抄写并且享受他应得的休憩。但他真的摆脱了他的过去吗？即使在乐园里，他也被誊写书本的记忆追逐；总之他无法停止他日常的活动，并且就像他们福楼拜和莫里斯式的同类一样，他似乎颇为想要重新恢复之前行为的愿望所苦。无论如何，他在天堂的逗留不过是个梦境，梦醒之后，他又得重新书写。

## 望风的语言

　　人不能摆脱他家庭的语言、日常的语言。日常的语言习惯即使在沉睡时也总睁着一只眼，它在任何情况下都保持谨慎。同样，所有说话者要用外语表达自己，都会先从他自己民族的语言出发，我们可以从口音、词汇或一些不符合习惯的构词中辨识出这种痕迹，但从目光和面目特征中同样也可以辨识出来（是的，语言也有面孔）。不论我用外语说了什么，都可以从中听出我的阿拉伯语语源，后者的印记是无法抹去的。我说所有语言，但都以阿拉伯语……可惜，我并不是这一佳句的作者，不真是，不全是；这是一句被修改了的引语，出自卡夫卡日记的一段，其中他向一位布拉格的艺术家提起自己："你看，我说所有语言，但以意第绪语。"[1]

从表面上看，问题并不在书写上。"马格里布"作家在用法语写作时，原则上会规避所有纰漏。但他真的能做到，并且特别是，他想做到吗？难道他不将写出他引以为荣的"恰似永恒发生变化全凭自身"[2]吗？无论是一首诗、一篇故事还是一篇散文，阿拉伯语或柏柏尔语的地基都会不可避免地先露出来……另外，它如果变成了别的样子，它的民族语境如果被取消了的话，那么对读者来说也会是不可接受的。大概就是出于这一原因，德里斯·什赖比[3]的小说

---

[1] 弗兰兹·卡夫卡，《叙述，小说，日记》(*Récits, romans, journaux*)，法语综合出版社 (Librairie générale française)，袖珍本，2000，p. 290。

[2] 马拉美的诗《爱伦坡之墓》(*Le tombeau d'Edgar Poe*) 的首句。**译者注**

[3] 德里斯·什赖比 (Driss Chraïbi, 1926—2007)，摩洛哥作家，其作品主要涉及殖民主义、文化冲突、妇女待遇等。1946 年前往巴黎学习化学，后转向文学和新闻学。**编者注**

《一个朋友会来看您》受到了冷遇，我们说，这本小说"既让法国人又让摩洛哥人感到不满：前者似乎期待这个富于异国情调的名字的作者使他们脱离熟悉的法语书写氛围。他们是否需要一个摩洛哥人来对消费社会的衍生物以及大众媒体侵入日常生活的危害进行反思？而后者则自问，什赖比在何种意义上还是摩洛哥人，如果他用法语写作，写作的主题也是完全法国式的话"①。

雅克·德里达是极少数的"马格里布"作家中，没有在文字中展现他是来自他处，来自一个远离"大都市"国家的一位，如果不是唯一一位的话："我不相信，直到现在，并且在相反的情况能被证明之前，都不相信，如果我不说的话，人们能够在阅读中察觉我是一个'阿尔及利亚法国人'。"但在口语中，他就对自己没那么自信

---

① 福阿德·拉鲁伊（Fouad Laroui），《摩洛哥语言的戏剧》（*Le drame linguistique marocain*），卡萨布兰卡，勒费内克出版社（Le Fennec），2011，p. 180。

048

了："我觉得我没有丢失自己的口音，至少没完全丧失我的'法属阿尔及利亚'口音。带有口音的语调在一些"实用主义"的情况下尤其明显（在家庭或日常场合中，通常在私人而非公众的场合发出的愤怒或感叹，在感受这种奇怪而不确定的差别时，这基本是一条相当可靠的评判标准）。"①

一般说来，外国人弥补的努力只是徒劳，总会有那么一刻，他会被一些字词绊住，被他发不出来的字母绊住，他外国人的身份立刻显露无遗。那么，避免使用这些词？这是可以做到的吗？在有些情况下可以，但前提是我们所说的对一门外语的完全掌握；然而，即便是假定的完全掌握，也会引起怀疑并导致自己出身起源的暴

---

① 雅克·德里达（Jacques Derrida），《他者的单语主义》（*Le monolinguisme de l'autre*），巴黎，伽利略出版社（Galilée），1996，p. 77。齐奥朗则写道："[……] 一来到巴黎，我就再也不能摆脱我的弗拉赫口音了。那么，如果我不能像当地人一样口齿清晰，至少我会试着像当地人一样书写，这应该是我当时不自觉的想法，不然怎么解释我是那么迫切地想要和他们写得一样好，甚至狂妄地说，比他们更好呢？"（《赞赏练习》[*Exercices d'admiration*]，巴黎，伽利玛出版社，1986，p. 213。）

露。我的情况是，在所有意义上暴露我的字母，是卷舌的"r"。我永远不能发出小舌颤音的"r"，也就是所谓巴黎口音的"r"，但也无法回避这个字母，因为每句都能遇到它。这就是为什么，我总是对一个无法用舌尖颤动发"r"的人物感兴趣：那就是 8 世纪著名的穆塔兹利特（mu'tazilite）派神学家瓦西尔·伊本·阿塔（Wâsil ibn 'Atâ'）。人们通常认为神学家都是些严谨的人，他们的确是，但当人们去读他们的传记，就会发现他们其中一些人只想着自娱（他甚至可以同样是语法规范制定者，像操场上的小学生）。没有阿拉伯血统的瓦西里无法发出小舌颤音 r，怒于每次张嘴就会成为同伴笑柄，他靠从他的讲话中删除所有带有这个可怖字母的词解决了这个问题。为了说好一种语言，他自相矛盾地使这个语言变得贫乏，从这门语言的字母和词汇中剥夺一个重要的组成部分。

通过这种方式，我们便可以说，他与阿拉伯

语不再有隔阂。尽管隔阂仍存在……

　　换一种语境，我们会说瓦西里也是一种乌力波①式探索者，他在文字产生之前预测……

---

① 乌力波（Oulipo），即"l'Ouvroir de littérature potentielle"，"潜在文学工场"，是打破现有语言与文本限制、探索文本新可能性的组织。**译者注**

# 波洛对诺冬 [①]

　　人们常常检验自己与他者的语言的关系，却较少地研究他者与我们的关系，尤其是我们对于他者言说方式的感觉。我曾在《你将不说我的语言》（*Tu ne parleras pas ma langue*）一书中尝试分析这个宏大问题的一个方面，我的一个假设是我们并不真心喜欢一个外国人说我们的语言：我

---

[①] 波洛即阿加莎·克里斯蒂笔下著名的比利时侦探形象赫尔克里·波洛（Hercule Poirot），他因为讲法语而常被误认为法国人；诺冬则指以法语写作的比利时作家阿梅丽·诺冬（Amélie Nothomb），她有多国生活经验，这些经验也成为她小说的素材。译者注

们不喜欢他说得不好①，我们尤其不喜欢他将我们的语言说得完美无缺。多少令人不快的假设，我承认，但我越想，越觉得这是个值得思考的问题。我的个人经验和我阅读的巧合某种程度上让我趋于确信这一点。

比如，让我们看看阿加莎·克里斯蒂笔下著名的侦探赫尔克里·波洛，一个逃亡到英格兰的比利时人。这是个滑稽的形象：蛋形头颅，八字须，尤其是无法估量的虚荣心；谁会忘了他那关于小小灰色细胞的老一套呢②？这还不是全部：他有时还会说带有浓重口音且句法结构错误的英语，特别是在《三幕悲剧》(*Drame en trois actes*) 中。这是否意味着他没学好这门语言，因

---

① 面对一个硬要用阿拉伯语表达自己的外国人，我会感到不耐烦，甚至被激怒，并且，为了结束这种令人不快的情况，我会试图用他的语言回答他。从表面看来，我为他救场，但实际上，我将他打发回他的语言并剥夺他使用我的语言的权利。另有方法能使他完全不想重蹈覆辙：残忍地笑，特别是在不完美的表达引向反义的时候，以及在一个音没发好或者一个被漏掉的字母可能导致下流、色情、淫秽的涵义时。
② 指波洛的口头禅："朋友，动用一下你小小的灰色细胞。"译者注

此他不能正确遣词造句呢？事实上，有些时候他装出没能完全掌握这门语言，目的是为了麻痹与他对话者的警惕、打消他们的怀疑。这也是他虚荣的秘密，就像他在小说结尾所强调的，作为对萨特斯韦特先生问题的回答：

"——啊，这！我来向您解释吧！波洛放声大笑，我确实可以说一口标准的英语，但是，您看，我的口音是一笔不可估量的财富。英国人居高临下地看我。嗬！在他们眼里我不过是一个甚至不能准确说好我们语言的外国人而已。但事实是，为了不要让人对我有所怀疑，我宁愿他们嘲笑我。更有甚者，我还自吹自擂。英国人不喜欢这样，他们会告诉自己：'一个这么自以为是的家伙一定不值一提。'他们这么相信，那就大错特错，并且他们还放松警惕了。"

在这部阿加莎·克里斯蒂的小说中，对外语的暧昧态度是以距离、讽刺和一种玩笑的笔触为标志的。另外，外语也可以成为戏剧的素材。

在《惊愕与颤栗》(*Stupeur et tremblements*)① 中，
阿梅丽·诺冬（日本人似乎没有原谅她写了这
本小说）叙述了一个值得注意的事件。她的女
主人公，同时也是叙述者（一个比利时人，和
作者一样，也和赫尔克里·波洛一样），在一家
日本的大公司工作。她的工作内容是给上级倒
咖啡。"我认真地对待这一职责，仿佛它是命运
唯一的安排。"一天早上，她的老板接待一个
合作企业的二十人代表团："[……] 我做得不能
更完美：我在上每杯咖啡时都带着过分的谦逊，
用最文雅的礼貌用语对宾客进行祝祷，垂下眼
帘，低头致意。"她认为自己很好地完成了自己
的角色，但，代表团一走，她的老板就传唤了
她，怒气冲冲地说："你让友公司的代表团深感
不快！"有什么能让客人不快的地方呢？她犯
了什么错？"你上咖啡时说的话让人觉得你怎

---

① 已有中文译本，译名《诚惶诚恐》，廖观友译，海天出版社，
2000。该作也被改编为同名电影，电影中文译名为《战战兢兢》。
译者注

么能把日语说得如此完美无缺！"这个年轻女雇员的错误是，她能流利地说日语并且能理解其最微妙之处。完美地说一门外语在此成了一个严重而不可被原谅的错误。

她徒劳地提醒说，她还是因为对日语的精通而被招进这个公司的，她的老板却充耳不闻："你搞砸了今早会议的氛围：在一个白人女性在场且能听懂他们的语言的情况下，我们的合作方怎么可能会感到放心呢？"这就是这个故事的结尾：旁边有一个能听懂他们说话的外国人会让他们不舒服。他们会感到困扰，他们已经习惯的等级观念被深深扰乱了。一个外国人不应该日语说得那么好，更不必说（文中也悄悄暗示了这一点）一个白人女性……一个白人女性不应该：动词"应该"的两重微妙之意，分别是可能和必须。一方面，按理她不应该是说日语的，这不被鼓励；另一方面，她不应说日语，她被禁止说日语。一个外国人能被允许的全部，是对该国语言大致的了解：这样他就仍保持外国人的身份，仍是明确的他者，并且他的位置是清晰的①。否则，他的地位就会混乱，身份就会变得令人存疑；他不是我们的一部分，却像我们一样说话！这是个分类学的问题：要怎样归类这个闯入者，同时也对怎样给自我归类、怎么归类"我们"提出问题。正是这一点激怒了合作公司的代表团；他们不再感到安心，他们的一部分被夺走了，世界不再是曾经呈现在他们眼前、他们认识的那样了。

这个白人女性竟敢说一口流利的日语，竟然胆敢攀到和母语者同样的高度。想要消弭差别、

① "没有任何一处语言上的错误"，这是一位法国作家对《尼采之马》所做的评价……想了想，"你说我的语言说得不错"意思是："你不说我的语言"，而在外语这一领域，没有人会不犯错。我承认，我时常有机会展现我语言上的宽容。我曾有给一位法国老友送我新出版的书的习惯。一次，在很久未见后我又重新拜访他，他问我是否出版了什么。"有，我对他说，我没给你寄来最新的一本是因为它是用阿拉伯语写的。""但我懂阿拉伯语！"他喊道。我于是对自己感到羞耻。我明明知道他研究过阿拉伯语并且非常了解；更有甚者，他还将很多阿拉伯小说翻译成了法语。我知道这一切，却仍然否认了他对"我的"语言的了解……我既是瞎了眼，又无法被原谅地遗忘了这一切。于是有一瞬间的尴尬，不论从哪个方面来说。因为他的慷慨，他没有揭穿我的失礼，虽然当然是无心之失，但也不能为我的昏聩开脱。命运的讽刺是，正是这位老友，在不久之后，从阿拉伯语将我的《你将不说我的语言》译成了法文……

违规地解开自身束缚的外国人应该付出代价，而对她的裁决不会延迟降临："从现在起，你别说日语了。"于是她被判缄默，被迫发誓从此沉默。的确，不再说日语，就是不再说任何话，甚至不说她的母语——她被遣返回的母语，而她周围没有任何人能听懂她的母语。人们提醒她所遗忘的，她的外来身份，人们也用命令她遗忘日语来提醒她。这是一种抹除她在日本经历的激进做法，这本是她生命不可替代的一部分……最终，人们将她送回她的白人世界，她的西方，她的法文，她的差异中。然而，她力图更好地理解，并且以为自己误解了对方，她亲近地表达出她的希望：

"——抱歉？

——你之后就不懂日语了。清楚了吗？

[……]

——这不可能。没人能够服从这样的命令。"

她的老板漠视人不可能遗忘一门语言的事实。另外他自己也不过是在传达上级的命令（"我就您的问题收到了一些指示"①）。最终，他和解了，对这个白人女性喊出："还是要试一试。至少，装个样子。"

这才是最终的重点所在。并且在转了一小圈后，人们就这样重新回到了赫尔克里·波洛，这位装作不懂英语的仁兄身上。

---

① 这一争议正是建立在东西方对立的基础上。争议质疑的价值观是服从；日本老板相信这一价值，服从（不管是不是一项荒谬的命令）的同义词是纪律，他认为这是一个西方人无法做到的。

## 远在天边，近在眼前

我记得一部六十年代的埃及小说（我已经忘了它的题目、作者名和内容）里的一个细节：小说人物的行为、事实和动作是用经典阿拉伯语（*fushâ*）叙述的，而对话是用埃及方言（*'âmmiyya*）写的。这样的配置，我们知道，在当时的小说中屡见不鲜，但我提到的这本中有个例外：所有人物都使用方言，只有一个人除外，那就是家庭的大家长，他只用书面阿拉伯语说话。我隐约记得他在阿扎尔大学教书，穿传统服装，不过这些不重要；独特和令人为难的是，他坚持决定要在他的语言中排除埃及方言，并在任何情况下都不说经典阿拉伯语。从他的角度来说，这是否表达了他想与周围人保持距离的愿望，是他崇高地位的表现，还是对他的权力的展示呢（他是家庭里的"父亲"）？这是否是律法的有形体现（律法不会用方言写就，而会以书面阿拉伯语书写，不是吗）？一种对忠诚的展现，但向谁，向什么呢？

我们可以提出更多假设，但我可以肯定的是，没人能接受他的打赌，也没有什么能将他留在过去。无论是著名的语法学家西巴威赫①还是伟大的文献学者海利勒·法拉希迪②都不会在日常交流中根据严格的、强制性的后缀（i'râb）句法结构规则说话。在变化的世界里，这一人物显然是唯一与一切对抗之人；因此也是一个狂人，但从他的角度看，其他人，其他所有人，才是被疯狂所支配的人。他身边的人说的阿拉伯语

---

① 西巴威赫（Sîbawayh，约760—约796），由于他的著作《西巴威赫之书》（Kitâb Sîbawayh，也被简称为Al-kitâb，直译为"书"）而被认为是最重要的阿拉伯语语法学家。译者注
② 海利勒·法拉希迪（Khalîl al-Farâhîdî，718—786/791），所著《艾因书》（Kitab al-Ayn）被认为是第一本阿拉伯语词典。译者注

已经变得疯狂①、堕落，但对他来说，他决定不向环境中普遍的谵妄低头。你们有你们的语言，我有我的。如果你们自取灭亡，这是你们的损失；对我来说，我自寻庇佑，就像诺亚一样，待在我的方舟里。

我必须承认，我多少有些赞同他的观点。我觉得他有点讨人喜欢，并对他怀有一些模糊的好感，总之对他怀有感激，因为我很明白他在说什么，而对埃及方言一无所知的我几乎不明白别的人物在说什么（当时还没有电视，因此也没有可在电视上收看的电影，而电影院又是种奢侈享受）。他是唯一一个说文学阿拉伯语的，唯一一个我可以接收话语信息的人。他离他身边的人有多远，就离我有多近；总的来说，是为了我这样的人，他才拒绝他家庭成员使用的语言……

我当时十二三岁，每次看到一些我喜欢的作家使用埃及口头方言书写对话我都会感到恼

---

① "语言的疯狂" 这一假说，参考雅克·德里达，《他者的单语主义》（ *Le monolinguisme de l'autre* ）, *op. cit.*, pp. 104—108。

火，打头的就是伊桑·阿卜杜勒·库杜斯（Ihsân 'Abd al-Quddûs，1918—1990）——但像纳吉布·马哈福兹（Naguib Mahfouz，1911—2006），就规避了我眼中极为荒谬的情况。我可以容忍在电影院、剧院出现方言，但我不能忍受它在文字范围、在书本殿堂中的泛滥。我生气是因为我看到自己被排除在交流之外，而我的怒气和我受到一种荒谬想法的影响一样大，即人应该没有任何遗漏地将书从头读到尾，然而，因为方言语言的关系，埃及小说内容的一半我都不能明白。我的怒意使我宣布，伊桑·阿卜杜勒·库杜斯最好的小说是《心念》（*Shay'un fî sadrî*）（我如今仍这么想）：一部没有对话的小说，"我"作为叙述者是全书唯一说话的人，当然，用的是书面阿拉伯语。一句方言也没有。

自不必提，我下定决心，当我长大写作的时候，只用经典阿拉伯语，地道的语言！总之，有了一个疯子，就会有第二个……和我决心只用经典阿拉伯语写作稍有不同的是，我笔下的人物说这种语言。我只想写书，而他则像书那样说话。他更为激进，并且，归根到底，他的过激令人钦佩。如今仍是，五十年后，他仍然给我很深的印象。

为什么我谈及埃及小说呢？奇怪的是我没有一开始就讨论摩洛哥文学，明明它才是我们要讨论的对象。但请允许我提一个问题：是否存在摩洛哥文学呢？我不确定、不完全确定，至今也仍未确定。因为想证实一种文学的存在，它必须是一种历史对象，首先它得有历史。但是，我们难道写过摩洛哥文学的历史吗？难道有这样的教材，会去描述它的各个阶段，有文本作为佐证，从源头开始说起吗（又是哪一个源头呢）？一直到最后，一直到如今，到"我们"现在吗？学者的兴趣点要么在阿拉伯语写就的文本上，要么在法语写就的文本上；我们从未，或者几乎从未同时研究过两者。将两者结合起来的唯一可能似乎是清单、书目、词典。这就是诸如萨利姆·杰

（Salim Jay，1951—　）在他的《摩洛哥作家词典》里所做的事，其中一部分是关于现代文学的：其中法语文学占了大头；至于过去的文学，仍是一片黑暗的少有人探索的领域。

对我和我班上的同学来说，摩洛哥文学在我们开始拼写字母、开始阅读，也就是说大约1955年的时候还并不存在。我们在班上阅读法语文章，阅读阿尔封斯·都德、苏利·普吕多姆、泰奥菲尔·戈蒂耶，以及东方的文学，尤其是埃及文学。我们对曼法鲁蒂和纪伯伦这两位大牌作家有特别的偏爱，他们的作品，和其他人的作品一块，混杂在清真寺附近的人行道旁出售（如今你们看不到他们的作品了，另一类的书取代了它们）。自然，我们从埃及和法国引进的课本，不会选用摩洛哥作者的文章。另外，我们的老师也大多是法国或埃及人（也有个别阿尔及利亚人，像是教师群体中的附赠品：他们教授阿拉伯语）。我们对摩洛哥文学一无所知，无论是古代的还是现代的，对于那个平行的、折射的、复写的世界——

就是通常来说的文学，我们都一无所知。我们的生活维系在一种认知的基础上，即我们的母语是退化的、堕落的、对文学和书写来说是不够格的。的确，在家里，我们学习歌谣，家人给我们说故事、猜谜语、唱儿歌、说谚语、格言和名言，但这属于文学的范畴吗？我们没有想过，连这个问题甚至都不存在。但文学的的确确是存在的，它只是不在我们的家里，在我们的世界以外：文学是由与我们不同的造物书写的，是由那些对他们来说文学是他们固有的一部分的外国人写就的。这就像说，我们自己的文学就是不合宜的，或者说摩洛哥人没有资格创造自己的文学一样。另外，把自己塞满摩洛哥的风景描写、歌谣、人物和忧虑又有什么好呢？如今仍是这样，对很多摩洛哥读者来说，文学仍是外来之物，来自一些特殊地域和有久远历史之处。在一些环境下，展现出对本土写作的蔑视才是所谓好品味。

因此，是否真的存在摩洛哥文学呢？显然是存在的，但它能追溯到什么时候？比如说，过去

的文学作品,我对此知道什么?我们今天理解的
文学(由三类构成:诗歌,戏剧,长篇和中短篇
小说),在过去并没有对等的概念。不过我仍要
提几个标题:伊本·扎伊特(Ibn al-Zayyât,13
世纪)的圣徒传记《苏菲派》(Al-tashawwuf);
伊本·巴图塔(Ibn battûta,14 世纪)的游记,
其中就有对摩洛哥的记述;玉西(al-Yûsî,17 世
纪)的《文论》(Al-Muhâdarât)……这些书对我
来说相当熟悉,由于其中的人名、地名和"通俗"
词汇,有时委婉地、不引人注目地,甚至可能无
意间从文学语言的缝隙中显露出来:参见玉西提到
古斯小米和男性呢斗篷,以及他提到杰玛艾芙娜
广场的片段……

我援引了三个我多少有所接触的古代作者;
其他古代作者我就不了解了。我确实也翻过一些
19 世纪的游记,其中记叙了他们去往地中海另一
侧,在这样或那样的欧洲地区游历的书。在法国
逗留期间,穆罕穆德·阿斯-萨法尔(Muhammad
as-Saffâr)只想着一件事;由于"外国人所受的

考验"和其引发的苦涩的、听天由命的思考，他对自身和自己的国家有了一些新的、闪现的认识。在他记述的几乎每一页上，都会有一个方言词汇：*fnârât*（灯笼），*sbîtârât*（医院），*mkâhal*（步枪），*bazbûz*（水龙头），*qhâwî*（咖啡）……

那么，是否存在摩洛哥文学呢？当我听到广播里一个知识分子讲话时，无论他说的是阿拉伯语还是法语，在他的身份没有被说明的情况下，我大部分时候都可以猜到他是否是一个摩洛哥人。方法是通过他的口音、一种分辨两种语言的特殊的口音、一种"示播列"①。同样的方法，也适用于阅读一篇不具名的文章，我可以隐约看见作者的身份：我们完全不会混淆由讲法语的摩洛哥人写的文章和一个法国"本土"人所写的文章，也不会混淆讲阿拉伯语的摩洛哥人所写的文章与

① 原文为"shibboleth"，指能用来辨别说话人社会地区背景的词，源于希伯来语。在《士师纪》第十二章中，基列人为杀死幸存的以法莲人，堵住以法莲人回国的必经之地约旦河渡口，让每一个过河的人都发这个词，因为以法莲人发不准 /ʃ/ 的音。**译者注**

一个开罗的埃及人写的文章。作者总是以泄露他的出身告终。

识别一个文本中的特有话语——通常同样也是通俗的词汇，作为读者的我感受到与文本的默契时刻，甚至像是家族认同……要么像阿卜杜勒·穆登（Abdelhay Moudden）2003 年的小说《告别之言》（*Khutbat al-wadâ'*）一样。对话和叙述用现代标准阿拉伯语写成，但在第四页，我读到："神会解放世人（*daba yfarraj rabbî*）"，这是一个母亲对她儿子说的话，后文又写到："你，穆罕穆德羞辱了我，愿受诅咒的是你母亲的宗教（*bahdaltini m'a si Muhammad，bahdaltini dîn ammak*）。"[1] 在这两个例子中，对母亲的提及都伴随着母语的出现。母亲，也是家庭……德里斯·什赖比的一个人物干脆叫亚兰·瓦尔蒂科（Yalaan Waldik，意思是"愿受诅咒的是你的父母"）……

---

[1] 所谓的"愿受诅咒的是你母亲的宗教"起源于阿拉伯语的"*'îl'an dîn 'ummek*"，现在已经成为一种咒骂的感叹词，并且有多种书写形式和拼写方式，如下文中德里斯·什赖比的人物名。译者注

你因此可以说，这不正可以说，阿拉伯方言作为特定历史和地理的载体，能让人分辨出摩洛哥作品，无论它是用阿拉伯语还是法语写就，无论是古代还是现代的么！我试过这么想，我想一个懂得塔马齐特语[1]的读者，当他们读到我所提到的这些作品的时候，也会在这样或那样的瞬间，在这样或那样的字眼前，感受到这种内心的情感，体会到这种重逢，以及双重意义上[2]的感激和认同之情。

让我们试着改变一下视角，让我们转向《哈义·本·叶格赞》，伊本·图斐利[3]的"哲理小说"。乍看之下，我没有在这本小说中找到基于方言的默契。没有一个词能让我不论从哪种角度想起摩

---

① 塔马齐特语（tamazight），也被称为阿马齐特语，也就是柏柏尔语，是亚细亚语系的一个分支。它们主要是口语而不是典型的书面语，在北非土著柏柏尔地区使用。可参第 18 页注。编者注

② 感激和认同在法语中是同一个词"reconnaissance"。译者注

③ 伊本·图斐利（Ibn Tufayl，1110—1185），12 世纪阿拉伯穆斯林博学家，欧洲人称之为阿布巴塞尔。出生于安达卢斯，涉猎文学、哲学、神学、医学、天文学，同时也是北非穆瓦希德王朝的宫廷大臣。在文学领域，著有哲学小说名作《哈义·本·叶格赞》。编者注

洛哥，出身安达卢斯的作者，他的后半生正是在那儿为穆瓦希德王朝的统治者服务。但不要急于将这本主题恰巧是排除与流放的书从我们的脑海中驱逐出境。

我们记得，这是一个家族的故事：从出生就被母亲遗弃的主人公，被放置于一个箱子里漂流到海上；一阵激流将他带到一个无人岛上，在那儿，他被一只母瞪羚收养，瞪羚哺乳并抚养了他。瞪羚成为母亲的替代，对这个孩子而言，对动物叫声的模仿又代替了他缺失的母语："就这样，这个孩子一直和瞪羚生活在一起，用自己的声音模仿瞪羚的叫声，叫人分不出来两者。它同样也准确地模仿鸟类的各种鸣唱和他听过的其他动物的叫声。"他有不容置疑的模仿天赋，但是发自虚空，发自缺失，是母语缺失的产物（事实上从未获得，因为他自出生起就被遗弃了）。哈义没有他自己的语言；他身边的每一只动物都有自己独有的语言，他则没有。可能还是有的，"他特别会模仿瞪羚的叫声"。

　　最早的摩洛哥小说提及童年，甚至从标题就开始，是否是个偶然呢：艾哈迈德·塞弗里奥伊（Ahmed Sefrioui）的《奇妙盒子》（*La boîte à merveilles*，1954），阿卜杜勒马吉德·本杰洛（Abdelmajid Benjelloun）的《两岸之间的童年》（*Fi-l-tufûla*，1957）。这是一个完全的创新：在古代阿拉伯文本中，童年几乎不被表现，《哈义·本·叶格赞》是一个特例。自从1954年始，摩洛哥人主要或者首先展现他们的童年，他们怎么来到世界上，这也隐讳地标志和证明了一种文学的产生。所有的小说都像是出生证明的一份摘录。文学作为公民身份的记录……

　　依赖接受教育的运气，在埃及人或法国人的学校里，孩子从学着阅读和着手阅读就开始写作。因为文学的前提是写作、是学校，是借由一种特殊语言生成的，更准确地说是两种语言，法语和经典阿拉伯语。因此，摩洛哥文学是在我们将我们的母亲，这个"阁楼上的疯女人"，装进海浪中的箱子里，送往未知，送往学校的危险，送往另一种语言或几种语言的风险，送往有塞壬、羊身奇美拉①和其他异兽发出奇特声响的岛屿上去。人被邀请去往这些生物的住所，来弥补众所周知的自己文化上的落后，我们前往遥远的岛屿，像巴黎、开罗，附带上大马士革和贝鲁特，好模仿以便让人分不清自己和当地居住的人的声音与歌唱。我们找到一个替代，一种书写语言，一道阳光，一只瞪羚。考虑到这种视角，摩洛哥文学有一个不可分割的阴影、一个月影。

现在，哈义·本·叶格赞，在孤岛上度过四十年孤独岁月之后，遇到了一个人，艾萨里（Asâl），他（因为宗教阐释的原因）将自己自我流放到岛上，并教授了哈义人类的语言。就此哈义被纳入了两个家族，两种语言，瞪羚的和人类的。作为双语使用者，从此他根据要打交道的是哪一种生物，就把自己的语言变成什么形式；

---

① 奇美拉（chimères），希腊神话中会喷火的怪兽，传闻有狮子的前半身、羊的中部、蛇的尾巴。这里也暗合《哈义·本·叶格赞》中抚养哈义的瞪羚。译者注

这发展出两种默契、双重的效忠。

那么，用哪种语言写作呢？一般来说，一个作家不会对自己提出这个问题：他用他熟悉的、他家族的语言书写。但我们的家族是什么？我们只属于一个家族还是多个呢？我们是否只有唯一一个母亲？那父亲呢？

作家在选择书写的语言时是自由的。但他的选择会被怎么看待？这就不是一个完全一无所知的行为了：它隐含一种连带关系，一种精神状态，一些参照，一种态度，一个姿势：看看我，看我是谁！

有些人选择一种妥协：他们不加区别地用法语或阿拉伯语撰写他们的研究和随笔，但只用阿拉伯语书写诗歌和叙事文学（阿卜杜拉·拉鲁伊①就是这样）。这时对一种被诋毁、被漠视的

---

① 阿卜杜拉·拉鲁伊（Abdallah Laroui）又译阿卜杜拉·拉若仪，摩洛哥哲学家、历史学家和小说家。除了一些法文作品外，他的哲学作品大多以阿拉伯语撰写。他是被阅读和讨论最多的摩洛哥哲学家之一。编者注

语言的捍卫和发扬吗？出于民族主义的考虑？阿
拉伯语作为存在的表达方式？因此，一方面，我
们可以假定，使用阿拉伯语是偶然的，另一方
面，对诗歌和叙事文学这些文本来说，这种语言
又是必需的。

但在写随笔时，用哪种语言就无所谓了吗？
当然不是。关于这一点，不妨读读阿卜杜拉·拉
鲁伊在《清晨的沉思》（*Khawâtir al-sabâh*）中
是怎么写的，他就《现代阿拉伯意识形态》
（*L'Idéologie arabe contemporaine*）一书的文学
接受写下来这段："如果我当时就像我的本意那
样直接用阿拉伯语写的这本书，东方读者的反应
会是什么？漠然，毫无疑问。我们马格里布人和
阿拉伯或穆斯林的全部来往都是由西方为媒介的
[⋯⋯]"。拉鲁伊的作品在东方引起的强烈兴趣，
可以由法语带来的魅力和他得到巴黎大知识分子
们的青睐来解释。要通过远方，近的才能被了
解、被承认：这似乎是一个多世纪长久以来阿拉
伯人背上的祖咒⋯⋯这让我们提出另一个问题：

如果拉鲁伊的小说是用法语写就，它们的命运会是怎样？对我来说答案似乎是显而易见的：它们会吸引更多注意，在阿拉伯世界和在其他世界都会。它们可能，比方说，会被立刻翻译成阿拉伯语，但现实是他等了几十年才等到《流放》(*Al-Ghurba*)的法语译本出版。

在当前的情况下以及一般说起来，一本用阿拉伯语写的书能被翻译的机会微乎其微。别忘了，被翻译成欧洲语言在阿拉伯世界里是值得纪念的事件[1]，它是个庆典，一个盛大的典礼，报刊会报道，书的封面会像奖杯一样被炫耀……我被翻译，故我在。这在法国和美国是不可想象的，在这些地方人们并不怎么关心译本，作品被翻译成外语获得的价值很小。

还需要回到最重要的问题：你要被评判的并不在于语言的选择，而在于你怎么使用语言，在

---

[1] 参见理查德·雅克蒙（Richard Jacquemond），《在誊写人和作家之间：现代埃及的文学场域》(*Entre scribes et écrivains. Le champ littéraire dans l'Egypte contemporaine*)，巴黎，辛巴达/南方文献出版社（Sindbad/actes Sud），2003，p. 160。

于你在语言上烙上的个人印记。因此要注意的是，你的方言被蒙上一层薄纱，你的语言变得难以辨认，你的语言变成一种新的表达方式。

你无法翻译我

# 关于翻译

　　一天一个学生让我告诉他哪一个是"《一千零一夜》最好的译本"。他隐约知道有不止一个译本，但他想避免阅读一个不值当、不准确的译本。此外——他一定会觉得——对同一本书的多个译本感兴趣有什么意义？我回答说他应该读所有译本，各种语言的译本，以及，我对目瞪口呆的他继续说道，我自己也确实在力所能及的范围内这么做了，在我为《眼与针》(*L'Œil et l'aiguille*) 做准备的时候。我有理由相信，这一回答使他完全丧失了埋头阅读山鲁佐德故事的任何愿望……

　　我的确从安托万·加朗和马尔德吕斯医生"不忠实"的译本中收益颇丰，如果我没有如此坚持地持续比较阿拉伯语文本和将它翻译成其他诸语言所作的各种尝试，也许我就不能完成我的研究，至少它不会像现在这么完整。然而，我对非阿拉伯语文本的使用一直是谨慎并充满不信任的：当我发现译本距离原文有偏离时，似乎就会使我愤慨。另外，这种偏差，在我眼中，就像电影人改编文学著作使得作品被诟病的那种偏差一样。总之，我保守的态度是由技术问题（决定译本的准确性）与道德问题（决定译本的忠实度）决定的。

　　但自从我读了由阿卜杜萨拉姆·贝纳德拉里所著的《关于翻译》[1]，我看这些事就是别样想法了。与研究文本忠实度相伴的，是我们不再舒适地接受"显而易见的认知"。现在，我尊重一个

---

① 阿卜杜萨拉姆·贝纳德拉里（Abdessalam Benadbelali），《关于翻译》（De la traduction），卡萨布兰卡，图卜卡勒出版社（Toubkal），由卡玛尔·杜米（Kamal Toumi）译自阿拉伯语，2006。

文本的各个译本，包括那些看上去以"堕落"的译法译得离原文最远的译本，它们也包含一些珍贵不可替代之处；它们以这样或那样的方式丰富了原文本，甚至在它给人以使文本变得更贫乏的印象时。就像这位摩洛哥哲学家指出的那样，"翻译给文本注入生命，将文本从一种文化传播到另一种""文本被翻译后徒具形骸地存续下去，只是因为文本既可被翻译，又不可被翻译"，[①] 他继续说道。最终翻译完成品（但谁又不想有一个翻译完成品呢？）在他眼里意味着兴趣的丧失，是文本销蚀的前兆。

人们明白，这种传播的责任并不仅仅在于译者。"翻译"的语言，包括它的惯例、反复无常和苛求也占很大一部分；译者通常身不由己地被迫去传达原文没有的意思效果。另外还会有这种情况，语言干脆拒绝给译者提供援助：比如说，

---

① 他还观察到，"思想的繁荣期最经常与翻译行为的充分发展期相重叠"。必须要说，他的这一准则并没有错。摩洛哥在文化领域堪称贫乏……有多少小说、诗歌是自从独立以来被翻译的呢？

谁能将阿拉伯语中 "*Ammâ ba'd*" ① 这一表述译成法语？更有甚者，即使是用阿拉伯语，谁又能翻译或定义这句话呢？我们知道，这个表述常被用在庄重的讲话中，尤其是在周五的礼拜，即主麻日的布道中来宣布演讲进入主题：似乎唯一将它译成法语的方法，是另起一行……

"我们都生活在单一语言的多语主义中"，贝纳德拉里注意到。就这一点，有必要强调许多读者读《一千零一夜》，读的是可以追溯到布拉克（bûlâq）版本的阿拉伯出版物，却不知道这也是由方言翻译成书面阿拉伯语的"译本"！直到有了穆赫辛·马哈迪（Muhsin Mahdî）的评论版之后，大家才确信了这一事实。我们以为是原文的也是副本……所谓的"同一本书"，在《一千零一夜》这个案例中，其实是天方夜谭。哲学家常在不同语言，两种或两种以上的语言之间来来

---

① "*Ammâ ba'd*" 常用于伊斯兰教的布道及文本中，意思接近"接下来我们的主题是……"、"那么现在……"，用于将赞美安拉和先知的序言以及提醒要敬畏安拉的内容和主题正文分开，比如在呼图白的序言结束就可能用到这一表述。**译者注**

往往，甚至在他们只懂他们自己的那一种语言的
情况下。我们能够想象一本哲学著作，无论它属
于哪种语言的写作，却不包含外来词汇的吗？贾
希兹（Jâhiz）会在他的书《动物之书》（*Le Livre
des animaux*）中由希腊哲学发散到谈翻译，这并
非偶然。另外，我们也不时听到"法国哲学是德
国思想的翻译"的说法。相反的是，贝纳德拉里
揭示的悖论之一，是德国读者为了更好地理解黑
格尔的《精神现象学》，会依靠让·伊波利特（Jean
Hippolyte）的法语译本。说到底，翻译是"哲学
命题"，两者的历史混同在一起。正是从这个角
度，阿卜杜萨拉姆·贝纳德拉里重新审视最基本
的问题，诸如同一与相异、原本和复本、单一与
多元等问题。

**原　版**

　　当一种外来文化入侵时，它通常被看作一种威胁，人们因此会设法防备，甚至在极端情况下，人们会系统地打击它。这种自我封闭的态度在现实中有太多例子（人们会想起来自西方的轻蔑）。在过去，这种态度也屡见不鲜；也许此处可以提到讨厌阿拉伯人的诗人彼得拉克，他对他的一个欣赏阿拉伯人的朋友提到了阿拉伯人：

　　　　我恳求你的仁慈，在和我有关的
　　所有事上，都不要考虑你的阿拉伯人，

086

甚至不要考虑他们是否存在。我仇恨这整个种族。我知道希腊诞生了很多博学者与雄辩者：哲学家、诗人、演说家、数学家，这些人都来自希腊。医学之父也在这里诞生。但阿拉伯医生！……你应该知道他们都是什么货色。对我来说，我了解他们的诗人；没有比他们更懦弱、更烦躁、更淫秽的了……人们难以让我相信，阿拉伯人能弄出什么好东西。而你们，博学的你们，不知道出于怎样的懦弱，你们竟然对他们不吝溢美之辞。[……]怎会如此！[……]阿拉伯人之后，写作就不被允许了?！[……]"①

---

① 这句话被欧内斯特·勒南（Ernest Renan）在《阿威罗伊和阿威罗伊主义》中引用。《阿威罗伊和阿威罗伊主义》，巴黎，麦松诺夫和拉洛斯出版社（Maisonneuve et Larose），1997，p.234。在一则注释中，勒南自问："在中世纪对阿拉伯诗歌还没有一点概念的情况下，彼得拉克是如何了解阿拉伯诗歌的？"

为了确定这封信所揭示问题的复杂性，应该就这封信是在什么情况下写的和对这封信暗含的问题进行说明。但是，顺便一提，这篇如此激烈的攻击阿拉伯人的文章，迂回地以他的作者完全未曾预料的方式，成了对阿拉伯人的赞歌。彼得拉克与我们所说的知识界名流进行了接触，后者完全赞同阿拉伯文化，甚至会断言阿拉伯文明高于希腊文化。因此，他才会以狂怒而轻蔑的方式致信给他的朋友："你的阿拉伯人……"

在另一个情形下，冲突可能会更为激烈：我拒绝人们读我写的文字、翻译我的作品；你不会读到我的文学作品，你不会接触到我的智识珍宝，尤其是那些我眼中神圣的文本，我禁止它们被用另一种语言传播、在我的团体以外传播……为什么对翻译采取这样的态度？因为人们害怕外语的版本会削弱文本，或者正相反，害怕翻译的版本比原版更好，译本更强会带来的恶果是源语言丧失它必要且不可替代的地位。对翻译持保留意见不仅在涉及宗教文本时存在，对象有时也会是传播智慧的其他圣书以及文学作品。我们还记得，《卡里来和笛木乃》险些没有任何译本，它的作者，印度哲学家比尔贝（Bidpay），阻止这本书被传出印度。如果波斯人没有像他们所表现的那么顽固地想要了解这本书和将之归于己有的话，这本书就不会是世界上译本最多的作品之一了……

大多数时候，反对传播自己独有的文化就等于反对外来文化的传播。你不读我的书，我也不读你的；你不翻译我的作品，我也不翻译你的。

这种情况我们也可以在对诗歌翻译的争论中发现，但不会那么粗暴。如今，有种趋势是觉得一首诗被翻译了的话，就必然会丧失一些东西，但人们也认为它会吸纳一些新的东西，甚至在改变中获得一定程度的成功：与这一点最吻合的例子就是索福克勒斯与他的译者荷尔德林。但在古代，阿拉伯人的见解达不到那么微妙的差别的程度：他们会说，诗歌是无法被翻译的，因为它首先是一种无法在另一种语言中被还原的特殊形式（*nazm*）。至于哲学，古代阿拉伯人认为它可以被传达而不会丢失太多东西①。但如果是这样，经过翻译而原文的意义未受损害的话，它的语言就更可能显得是附庸、无关紧要的。甚至可以说，哲学作品的原文无需被注意！如果说在翻译移植的过程中，哲学文本的意义被保存下来了，保留原著又有何意义呢？

在波斯传统中，传说征服了大流士王国的亚历山大大帝，夺取了他在大流士王国找到的书籍，并"让人将它们都 [……] 译为希腊语。之后他烧毁了原件 [……] 并杀死了所有他怀疑从火中抢救了书籍的人。[……] 所有能逃脱亚历山大大帝魔掌的人都逃跑了。[……] 之后，他们在亚历山大死后回到自己家，将自己熟记于心的部分付诸笔下。大部分散佚了，只有一小部分留了下来"②。因此有

---

① 在此我简略到不能再简略地概括了贾希兹在《动物之书》中的丰富讨论。
② 援引迪米特里·古塔斯（Dimitri Gutas），《希腊思想，阿拉伯文化》（*Pensée grecque, culture arabe*），由阿卜杜塞拉姆·切达地（Abdesselam Cheddadi）从英文翻译，巴黎，边材出版社（aubier），2005，p.74。这里怎能不让人想起雷·布莱伯利（Ray Bradbury）的小说《华氏 451 度》（*Fahrenheit* 451）呢？

一种翻译旨在蓄意地替换原文，来排斥甚至消灭原文。原文被系统性地消灭了，因为它被认为是危险的；或者要么相反，被认为是毫无价值的。

在一篇多少让人困惑的文章中，德国浪漫主义理论家弗里德里希·施莱格尔（Friedrich Schlegel）断言阿拉伯人对原本毫不关心，因此也不关心文本是从哪种语言被翻译过来的。他是这么写的："阿拉伯人有一种天性：在最大程度上热爱论战；在所有的异族中，他们是最具毁灭性的种族。只要作品被翻译了，他们热衷于就此毁灭或抛弃原本，这是他们哲学精神的特征。"①

我不知道弗里德里希·施莱格尔是根据什么历史依据或资料如此专断地做出阿拉伯人会

---

① 《绝对文学：德国浪漫主义文学理论》，摘自"发表在《雅典娜神殿》期刊里的片段"一节（"Fragments de l'athenaeum"，*L'absolu littéraire. théorie de la littérature du romantisme allemand*），由菲利普·拉古-拉巴特（Philippe Lacoue-Labarthe）和让·吕克·南希（Jean Luc Nancy）作序，巴黎，赛伊出版社，1978，p. 131。

销毁或抛弃原本的论断。阿卜杜萨拉姆·贝纳德拉里在最近的研究中评论了这一观点，他写道："他似乎是说，当古典阿拉伯文明将文本引入阿拉伯语时，它就驯化和吞并了文本，使文本屈从于阿拉伯文明，并且使文本身上所有陌生特异之处都悉数消灭，最终以吸收和将文本归入自己的领域告终，使外来的文本不再被视作他者。就这样，阿拉伯文明立马将外来文本当作原本消灭了，在将它抬高到了和阿拉伯语文本一样的崇高地位之后。"[1] 这让人想起食人族的仪式，通过吞噬敌人来夺取对方的力量……贝纳德拉里从阿拉伯人对原本的态度看到一种让他者走向自己的方式，一种消灭他者的相异性、消灭它的特异之处的方法。通过将希腊哲学化为己有的方式，阿拉伯人抹去了将自己与希腊人隔开的边界，他们通过简单地忽视对方的语言来抹去他者。这位摩洛哥哲学家还观察到，在过去有效的在今天仍然有

---

[1] 阿卜杜萨拉姆·贝纳德拉里，《关于翻译》，*op. cit.,* p.61。

效，不考虑一字一句研读希腊哲学家著作的阿拉伯人，"如今，我们中还有谁，当他要开始重读柏拉图的《理想国》或是亚里士多德的《工具论》的时候，会觉得有必要回归这些文本的原文呢？"①

但施莱格尔在断言了阿拉伯人不保存原本之后，又补充了令人迷惑的下文："因为如此，即使他们（指阿拉伯人）可能可以无限地增长他们的知识，但他们所有的文化，都只会使他们比中世纪的欧洲人还要更野蛮。"在吸收、同化了大量的知识之后，阿拉伯人比中世纪的欧洲人更文明也更野蛮；人可以像这样既博学又野蛮，两种品质很显然并不会相互排斥。但野蛮意味着什么呢？"野蛮，"施莱格尔写道，"实际上是与古典相悖、与发展相悖的。"如果我理解得没错的话，对那些本来不属于自己的作品的原本的保存，开辟了通向未来和进步的道路。施莱格尔让人觉

---

① 阿卜杜萨拉姆·贝纳德拉里，《关于翻译》，*op. cit.,* p.62。

得，对于古典语言不感兴趣的阿拉伯人，一直为
他们自己的语言所束缚，而且由于缺乏看待自己
的距离，他们未曾改头换面过。他是否暗示，中
世纪的欧洲人没那么残暴，也就是说他们对古代
希腊罗马更为开放的态度，为文艺复兴运动和再
后来的发展做了准备？在《异域的考验》中，安
托万·贝尔曼研究了施莱格尔的文本，并给回答
开了头："确实，烧了原稿的事实——一个带有
不可理解的复杂性、几近谜一般的举动——有双
重影响：一种影响是，消除和一种被看作是历史
模范的文学所有的关联（"反古典主义"）；另
一种则是，使所有的重译都变得不可能（但所
有翻译都要求重译，也就是所谓的'发展'）。"①

　　但施莱格尔将阿拉伯人与中世纪欧洲人相提
并论，是基于什么呢？贝尔曼在此偷换了概念：
"在这些段落中，他［施莱格尔］提到了两个翻
译的民族，古罗马人和阿拉伯人，以及使它们在

---

① 安托万·贝尔曼，《异域的考验：德国浪漫主义时期的文化与翻
　译》，*op. cit.,* p.59。

这一点上相区别的原因。古罗马人创立的语言和
文学，是建立在对古希腊人的成果进行了大量
翻译的基础上的，这是一个共生、混杂和吞并的
过程：只需想一想诸如普劳图斯那样的作者就知
道了①。而阿拉伯人，在弗里德里希·施莱格尔
看来，则是另一种做派：'他们热衷于毁灭或抛
弃原本 [……]。'"② 要注意，这是对原文阴险的歪
曲，安托万·贝尔曼说的是古罗马人，但施莱格
尔提到的是中世纪欧洲人。还要注意的是，他将
对哲学的讨论换成了文学：古罗马人对古希腊的
文学极其关心（这是贝尔曼选择的研究问题的角
度，提到剧作家普劳图斯），但这并不符合阿拉
伯人的情况，阿拉伯人当时的关注重心是指向哲
学的。但在这两种境况下，可以说都存在贝尔曼
所说的 "对古希腊人的成果进行了大量翻译，这

---

① 因为普劳图斯（Plautus）的灵感基本来源于古希腊新喜剧作家，比如米南德（Ménandros）、菲勒蒙（Philêmôn）和狄菲卢斯（Diphilus），并赋予了他们典型的罗马风味。译者注
② *op. cit.,* p.33，安托万·贝尔曼，《异域的考验：德国浪漫主义时期的文化与翻译》

是一个共生、混杂和吞并的过程"。他所建构的
阿拉伯人和古罗马人之间的相似关系，对我来说
从这一视角看来并不恰当，因为比较的条件是不
对等的。

　　某种程度上，另一个历史时期更贴合贝尔曼
进行的这种比较，即通常被叫做"nahda"或
者阿拉伯世界的文艺复兴时期，也就是将近
19世纪中叶，当阿拉伯人发现欧洲文学的时
候，也是文学模板这一问题被提出的时候。古
罗马人模仿古希腊的文学，阿拉伯文艺复兴
（*nahda*）时的阿拉伯人则开始学习欧洲文学，
并且从那时开始，他们开始关注原本，他们放
在手头的不仅有欧洲的作品的译本，还有原语
言的版本。

　　古代文学中，尤其是诗人，主要是将阿拉
伯语的作品当作写作参照的模板。相反，进入现
代，欧洲成为现代文学家阅读与写作的准则。此
外，这也并非阿拉伯如此，欧洲最大的胜利，也

许是成功将他们的文学体裁和文学形式强加给了全世界。有必要指出由此引起的一个重要结果是：阿拉伯的文人不仅有义务要了解自己的文学（如果"自己"这一表述有意义的话），还要了解欧洲文学。总的来说，阿拉伯读者会一门，或者至少一门外语，并且，一个半世纪多以来，阿拉伯读者一直对法语文学、英语文学、德语文学，以及西班牙语和意大利语文学敞开。他们欢迎这些文学，不仅是出于简单的智识上的好奇，而是出于需要，生存的需要。在这一点上，阿拉伯读者与欧洲或者美国读者不同，后两者可以跳过阿拉伯文学作品不读而不用觉得有什么可惜的……

这种情况是新出现的吗？并不完全是。在古典时代，双语作家人数众多，可能就占了大多数。我们可以就此列举出伊本·穆格法①、巴沙

① 伊本·穆格法（Ibn al-Muqaffa'），更广为人知的名字伊本·穆卡法，是一位波斯语的翻译家、哲学家、作家和思想家，他用阿拉伯语写作，卒于约 756/759 年。穆卡法从中古波斯语翻译的《卡里来和笛木乃》被认为是阿拉伯文学散文的第一部杰作。他是将散文叙事引入阿拉伯文学的先驱。编者注

尔·伊本·伯德①、阿布·努瓦斯②、哈梅达尼③、
加礼利④、阿维森纳⑤……那些不是双语使用者的
作家，则是波斯"艾达卜文学"（adab）⑥诸译本
的勤勉读者，尤其会阅读那些展现自我治理的规
则和公共事务管理的法则的文本。同样还是这些

---

① 巴沙尔·伊本·伯德（Bashâr ibn Burd，714—783），绰号 al-
Mura'ath，意思是"有刺的"，是用阿拉伯语写作的波斯诗人。他
从出生起就失明，据说他长得很丑，部分原因是他脸上的天花疤
痕。一些阿拉伯学者认为巴沙尔是第一位"现代"诗人，也是阿
拉伯文学的先驱之一。编者注

② 阿布·努瓦斯（Abû Nuwâs，756—814），阿拉伯诗人，被认为
是阿拉伯文学黄金时代的代表人物之一。以他的诗歌才华和幽
默的风格而闻名，作品涵盖了各种主题，包括爱情、宴会、饮
酒以及反对宗教道德。《一千零一夜》中记载了许多他和哈里发
哈伦·拉希德幽默有趣的故事。编者注

③ 哈梅达尼（al-Hamadânî，969—1008），也被称为 badi ā ā al-
Zamān，意思是"时代的奇迹"，阿拉伯语作家，以在文学中引
入玛卡梅形式而闻名。他的诗作和许多信件都保存了下来。编
者注

④ 阿布·哈米德·加札利（Al-Ghazâlî，? —111），伊朗伊斯兰神学家、
法理学家、哲学家、宇宙学家、心理学家和神秘主义者。欧洲人称
之为安萨里。他是逊尼派伊斯兰思想史上的重要人物。编者注

⑤ 伊本·西纳（ibn Sīnā，980—1037），欧洲人称其为阿维森纳
（Avicenna），也就是现在所谓的伊斯兰黄金时代的一位自学成才
的博学者，中世纪波斯哲学家、医学家、自然科学家、文学家。
所著《医典》现在被认为是构成西方医学的基础。编者注

⑥ adab 在现代阿拉伯语中的意思是"文学"和"礼节"，是一种阿
拉伯古典学中的特有概念，开始由书信体诗文（rasâ'il）和与权
贵交往的礼仪标准（nasâ'ih）构成，后来这一词汇被用来涵盖所
有既不属于宗教也不属于哲学的散文文学，指称与大众文学相
对的精英文学。译者注

人，会对古希腊哲学感兴趣，他们读译本。从总体来看，这是阿拉伯文学史上最繁荣的时期，人们会说，一个"黄金时代"；人们还说，一次"文艺复兴"，这也许是更直白的说法。

两次阿拉伯的文艺复兴，一次在古典时期（9 到 10 世纪），另一次在现代。在这两种情形下，阿拉伯文化（指的是用阿拉伯语写作）被拿来和其他文化做比较；在这两种情形下，复兴和飞跃的动力，是翻译；在这两种情形下，一种批判的眼光被引入文学传统中，引向"自我"。总的来说，文学是基于修正才演变、进步和自我革新的。在这个意义上，现代是对传统的更正，对已经变成惯常的更正：诗歌总以在荒漠上流下的泪水开头，诗人阿布·努瓦斯，被这种惯常做法激怒；像他这样文雅的城市居民，力图纠正这种在他眼中偏离常识的习惯，宣扬一种远离荒漠、远离贝都因生活①的诗歌，一种带有城市性的文

---

① "贝都因"在阿拉伯语中的意思即"在沙漠中居住的人"，他们是以氏族部落为单位在沙漠中过游牧生活的阿拉伯人。译者注

雅与新礼仪烙印的诗歌。愤怒与更新传统的愿望，后来同样成为了阿拉伯文人在遭遇欧洲文学后的态度的特征。比如说，我们将"玛卡梅"①往小说的方向修正，游记（*rihla*）则被校阅、被修改使它成为小说体裁的组成要素。

如果阿拉伯文学从此要以不同的方式被书写，这是因为阅读方式改变了：人们在读阿拉伯文本时总是想着欧洲文本。但人们比较的双方并不对等，它们通常是主人与随从的关系。"阿拉伯诗歌王子"艾哈迈德·肖齐②，曾被认为是个糟糕的学生，他本可以做得更好，但他没有。作为一个晚进的读者，他对拉马丁感兴趣，翻译了后者的诗作《湖》（*Le lac*）；诋毁他的人

---

① 玛卡梅原意为"集会"等场所站立处，是一种韵散结合的阿拉伯特殊文学体裁。**译者注**

② 艾哈迈德·肖齐（Ahmed Shawqî, 1869—1932），埃及诗人，埃及现代文学的先驱者之一。他将史诗这一体裁引入了阿拉伯语写作。肖齐在埃及长大，后被送到巴黎继续他的学业，在那里他受到了莫里哀和拉辛的影响。他于 1894 年回到埃及，并一直是阿拉伯文学文化的杰出成员，直到 1914 年英国人迫使他流亡到西班牙南部。肖齐在那里一直待到 1920 年。1927 年，他被同行授予"诗歌王子"的称号，以表彰他对文学领域的巨大贡献。**编者注**

说，他本可以更有品位，比如对马拉美和瓦莱里感兴趣：他本可以由此重新开始他的诗歌创作，并给他的阿拉伯语诗歌引入一种新的语气。我们看待他，在关注现实的肖齐时，我们关心的是一个虚拟的、条件式的、假设的肖齐。

　　如今，阿拉伯诗人不觉得人们翻译他们的作品是对他们名誉的损害了，反而恰恰相反。的确，对他们来说，被翻译意味着他们在为世界文学的产生出一份力，意味着不吊车尾，意味着给世界其他地方提供一些什么，但这还不是全部：被翻译，是被充分认可。阿拉伯文学不仅仅追求被自己人认可，也更追求被他者承认。但这也许是所有作品的命运，无论作品属于哪一种语言。欧内斯特·勒南说过："一本未经翻译的书，只被出版了一半。"①

---

① 转引安托万·贝尔曼，《异域的考验：德国浪漫主义时期的文化与翻译》，*op. cit.,* p.283。

# 目眩的公鸡

阿拉伯小说的黎明

在乔治·西默农（Georges Simenon）的一本小说《阿芙雷诺斯酒店的客人》（*Les clients d'avrenos*）里，故事发生在伊斯坦布尔，常常出现这样的情节，在晚餐过程中，或者在一个宴会的场景下，有人用土耳其语或法语背诵诗歌，又有人用其他的诗节作答。这些诗句并非再创作，但背诵诗句已经足够被认为令人印象深刻的了，是可以被当作一种景观性的现象、一种富于地方色彩的元素被突出、被展现的。人们无法想象西

默农笔下其他人物会在法国或是在美国沉溺于这
种集体朗诵活动，我们知道，这种活动不为土耳
其所独有，虽然阿拉伯人在他们的宴会进程中至
今仍然广泛采取这种行动。对一些人来说，就像
其他人也会觉得的那样，在许多生活的情境中，
求助于诗歌是个不错的选择，如果想要使未知成
为已知，想要突出一种集体共同感，想要无需太
费力就能产生感动，或者是为了作为一种模糊的
乡愁伴奏，那东方啊……

那些被诵读出的诗句，就像我上文强调了
的那样，在西默农的小说中没有一句是被再创
作了的，并且看起来小说家和读者对此都毫不在
意。就像一些土耳其软糖①……这种被插入的诗
歌与上下文并无直接的关联。现代小说难道不
是，除了微乎其微的情况以外，都对引用诗句抵

---

① 这里，作者将插入散体的韵文比作土耳其软糖（loukoums），
"loukoums" 在阿拉伯语里直译过来是"喉咙的休憩"，被插
入的诗歌缓和了叙述节奏，并给行文带来了一些东方风味，
但也造成了叙述的断裂，因此下文说这种插入是不连贯的。
**译者注**

触极了吗？即使当主角是个诗人时，人们对他写的诗句所做的，不过是在迫不得已时简略地一笔带过，以一种精打细算的下笔方式，就像巴尔扎克的《幻灭》（*Illusions perdues*）里那样。以诗人为主角的小说不应该收容他的诗歌创作，否则就会严重妨碍读者。的确，德国浪漫主义作家 ①乐于在他们的散文 ② 中容纳韵文，并认为这是一种对小说艺术的革新；我们可以就此列举约瑟夫·冯·艾兴多夫（Eichendorff）的《一个无用人的生涯》（*Scènes de la vie d'un propre à rien*），和诺瓦利斯（Novalis）的《海因里希·冯·奥弗特丁根》（*Heinrich von Ofterdingen*），但这不过是串很短的名单，列举起来很快就能说完。自那以后，读者就赞成两种话语形式的急剧分离；另外，在我们的阅读习惯中，我们难道不会在阅读时跳过韵文段落，比如，在读伊

---

① 我们还可以想到普希金的韵文小说《叶甫盖尼·奥涅金》……
② 这里的"散文"指的是西方意义的用普通语法结构写就的非韵文文体，并非中国通常语境里的随笔散文（对应英文中的 essay）。
译者注

本·哈兹姆（Ibn Hazm）的《鸽子的项圈》（*Le collier de la colombe*）时，读哈梅达尼的《集会》（*Séances*），或读《一千零一夜》时？

现代的阿拉伯小说又如何呢？我们可以不太夸张地说，它是在诗歌被驱逐时问世的，它的创作便被限于散文中：小说与诗歌的分离是区别现代叙事和传统叙事的特征之一。这里别忘了，哈梅达尼和哈里里（Harîrî）创作的"集会文学"玛卡梅的主角都是诗人；玛卡梅建立在一种散文与韵文间的微妙平衡上，我们可以料想，10 和 11 世纪的读者大概与我们如今的大部分读者相反，不会忽视韵文的段落，不然，那时的作者便会省去这些部分了：他们为何要在文章中插入会在阅读时被轻易略过的诗句呢？

经过了不少时间，叙述文学才将诗歌排除在自身之外，这一过程在实行时并非全无痛苦。首当其冲的就是黎巴嫩人法里斯·西迪亚克（Fâris al Shidyâq，1804—1887）所著的《一步一步》（*La Jambe sur la jambe*），1855 年出版于巴黎的一部具有非凡生命力的作品 ①。这本书的主角法里亚克（Fâriyâq），名字源于作者本人名字的缩略，他就像西迪亚克一样是个诗人（《一步一步》这本书像是第三人称的自传）。但诗歌却在这部作品中受到了冷遇。的确，人们在作品一开头就能读到一首充当序言的长诗，然后在最后一章，也就是书的另一头，又选录了法里亚克创作的一些诗歌。人们发现，诗歌被容许进入文本，但被打发到书的两头，就像是远郊一样。

最重要的是，《一步一步》并不是以玛卡梅的形式出现的；在作者所写的四十二章中，其中有四章是以玛卡梅的形式写就的，对叙事传统进行了篇幅有限的致敬。抛弃了有韵律与节奏的散文形式（*saj'*），摒弃了对修辞手法的展现（*al-muhassinât al-badî'iyya*），西迪亚克着重突出他希望他的话语对象是读者全体（*li ayyi qâri'in kân*），而不仅仅是知识精英。如果有些人倾向于

---

① 由雷内·卡瓦姆（René Khawam）译自阿拉伯语，巴黎，腓比斯出版社（phébus），1991。

传统的文风，他会提起像哈里里的"集会文学"
玛卡梅，他宣称，他的作品恰好标志着与这位作
品一直到 19 世纪都充当文学典范的古老作家之
间的距离。西迪亚克确立的志向是与读者建立一
种直接的联系，不需要媒介，不像过去那样必须
通过评论者。哈里里过去和现在的读者中，有谁
会能跳过评论者呢？

在西迪亚克发表《一步一步》的时候，另一
个黎巴嫩人，纳希夫·亚齐吉[①]在准备写作《两
片海域的汇合》（*Majma' al-bahrayn*），该书稍晚
一点，在 1856 年出版。这一作品，由六十个玛
卡梅场景构成（比哈里里还要多十场，加码了），
是对古典写作最大的致敬；人们在这本书中，既
找不到什么批判的打算，也没有与玛卡梅的奠基

---

① 纳希夫·亚齐吉（Nâsif Yâzijî, 1800—1871），基督教徒，贝希
尔·谢哈布二世的宫廷诗人、布特鲁斯·布斯塔尼（Butrus al-
Bustani，黎巴嫩历史学家，阿拉伯启蒙思想家，被认为是第一
个叙利亚民族主义者）的朋友，为推广标准阿拉伯语、研究阿
拉伯文学的整理工作做了重大贡献。他反对宗教狂热，号召全
体阿拉伯人团结起来，在共同的文化思想遗产基础上建设未来。
编者注

者们之间的距离，如果西迪亚克代表断裂，纳希夫·亚齐吉就是古典的信徒，是赞颂再创作的人，也是因为如此，他的作品在阿拉伯文学进程中并不标识着一个新阶段，他也绝不希望革新文学写作，他想要的是古典！忠实于过去、依恋着过去，屈从于文学传统的重负之下，他是搬运工辛巴达，而西迪亚克则让人想起航海家辛巴达。①

这种比喻在我看来并不生硬：纳希夫·亚齐吉从未离开过故土，而西迪亚克在世界各地留下过足迹，去过埃及、土耳其、突尼斯，并且还有——这也是值得注意的——意大利、法国和英国，在古典时期这是些被阿拉伯旅人忽略的地方。一个新的目的地，欧洲，从此给旅人展现出一种新视野，这构成了一种根本性的转变。玛卡梅的主角在且仅在伊斯兰世界里行动；但在 19 世纪，借由在法国或英国的旅行，一个新

---

① 《一千零一夜》的 17 到 18 世纪版本中出现了辛巴达故事，贫穷的搬运工辛巴达因为疲惫停下休息，表达了对主的赞美并吟唱了一首感叹贫富差距太大的诗，被富有的航海家辛巴达听到并请进屋内，之后航海家辛巴达开始讲述他七段航海故事。译者注

的主题被引入并开始在阿拉伯知识分子中兴起：
对欧洲的描绘，描述采用两种形式，要么是游
历者自己以自己之名撰写记叙，要么是假托一
个虚拟的游历者，以小说的形式进行记叙。

　　如果我们进一步说阿拉伯现代小说是在对欧
洲的描述中产生的，是否过于极端了呢？有太多
例证，从西迪亚克的《一步一步》，到塔伊布·萨
里①的《移居北方的季节》(*Saison de migration
vers le nord*)，这一脉直到如今还仍有生命力。
有人会反对，认为阿拉伯小说不再是时不时对
欧洲的描绘，这并非全无理由：在如今，人们
主要描绘开罗、卡萨布兰卡、贝鲁特、阿尔及
尔……在我读到的纳吉布·马哈福兹②的作品中，
没有出现我刚刚提到的欧洲方面的内容，但要

---

① 塔伊布·萨里 (Tayeb Sâlih, 1929—2009)，苏丹作家，他以其
小说《移居北方的季节》《宰因的婚礼》而闻名，被认为是阿拉
伯文学中最重要的小说之一。他的小说已被翻译成英语和十多
种其他语言。其中《移居北方的季节》，被部分西方评论家视为
20世纪最杰出的阿拉伯长篇小说。**编者注**

② 纳吉布·马哈福兹 (Naguib Mahfouz, 1911—2006)，埃及作家。
1988年荣获诺贝尔文学奖。享有"阿拉伯文学之父"美誉，被
视为阿拉伯世界最重要的知识分子之一。在长达半个世纪的文
学生涯中，创作了近五十部作品，其代表作为诺贝尔文学奖获
奖作《我们街区的孩子们》和《宫间街》《思宫街》《甘露街》
三部曲等。**编者注**

注意了：是否有必要为了认识欧洲或为了谈论欧洲而前往欧洲呢？欧洲，在它的地理疆域以外，自从 19 世纪末以来，就存在于阿拉伯世界的正中心了。人们可以在埃及作家穆瓦里希（Muwaylihî，1858—1930）的《尔撒·伊本·希夏姆告诉我们的事》( *Ce que nous conta 'Îsâ ibn Hishâm* )[1] 里看到这一现象，这本书在阿拉伯文学史中占据特殊地位：这本书被认为是第一本阿拉伯语小说，同时也是玛卡梅文学最后一次的展示。既是第一个又是最后一个……令人羡慕的位置。[2] 对玛卡梅的参照从书名就能看出来，它忠于由哈梅达尼于 10 世纪创立的体裁，这种参照是通过一个同时是叙述者的人物尔撒·伊本·希夏姆（*'Îsâ ibn Hishâm* ）实现的，他在穆

---

[1] 于 1907 年出版，但之前已经通过连载发表过一个稍有区别的版本，于 1898 至 1902 年之间载于杂志《东方之火》( *Misbâh al-sharq* )。由兰达·萨布里（Randa Sabry）译自阿拉伯语，茉莉出版社（éd. du jasmin），2005；第二个部分则于 2008 年单独出版，题名为《三个埃及人在巴黎》( *Trois égyptiens à paris* )。

[2] 这个说法有时会被主张西迪亚克才是小说先驱者的人质疑。但是，《一步一步》似乎首先被认为是一部自传，但我们不必在这些次序先后的问题上纠缠（在各种意义上的优先权，是等级的特权，也可以说是 "*pré-séance*s"：它是先于集会文学玛卡梅的）。

瓦里希的书中几乎可以说重新获得了生命。

　　复活是许多阿拉伯文艺复兴时期（*nahda*）作家笔下的一个重要主题，所谓"*nahda*"是一种重生，是重新获得生命；人们也会在这些作家的后继者笔下发现这一主题。陶菲格·哈基姆（Tawfîq al-Hakîm）写的一本小说名叫《灵魂归来》（*L'Âme retrouvée*），他的一部戏剧《洞中人》（*Les gens de la caverne*）提到以弗所的七个沉睡者。穆瓦里希的小说开始一幕发生在夜里，在一个墓园中，尔撒·伊本·希夏姆行走在墓穴之间，突然其中一个墓穴打开，一个穆罕默德·阿里①时代的帕夏②从中走了出来。一个重回人世的鬼魂，一个幽灵……对于这一主题，人们谈过哈姆雷特，谈过他父亲的幽灵。还能想到另一个类似的例子：拉撒路的复活；别忘了这个午夜的散步者叫尔撒，也就是耶稣……但穆瓦里希也用了

----

① 穆罕默德·阿里（Muhammad Ali，1760年代末—1849），奥斯曼帝国的埃及帕夏，穆罕穆德·阿里王朝的创立者。译者注
② 帕夏（pacha），奥斯曼帝国行政系统里的高级官员，通常是总督、将军及高官，对应英文中的"lord"。译者注

其他典故；这本小说以复活开始并非巧合，从最开始的几行，就是对诗人麦阿里最著名的诗句的援引，因为人所走的地面，是以尸骨堆就的……穆瓦里希并未提到同样出自麦阿里的《宽恕书简》，但在这样的语境中，如何能不想起这部描绘了死者重生，以及天堂与地狱的作品呢？

的的确确，穆瓦里希也同样描绘了天堂与地狱，尽管它们都存于现世。穆瓦里希的诸人物相继在开罗（书的第一部分）和巴黎（书的第二部分）经历了不同的冒险。某种程度上，法国的首都，比起传说中有高柱的伊拉姆城（Iram dhât al-'imâd）①，看起来更像天堂。惊叹于巴黎这个城市并非新鲜事；要举例的话，19世纪的摩洛哥外交官，在欧洲的技术成果面前晕头转向，并且对隐含的问题："为什么属于他们而非我们？"这些外交官的明确回答是："属于他们的是现世，属于我们的是彼世，属于他们的是现在的、短暂

---

① 音译为"伊拉姆·扎图勒·依玛迪"，《古兰经》的《黎明》一章提到的城市，是被主摧毁的罪恶之城。译者注

的幸福，属于我们的是未来的、永恒的幸福。"
不过这不是穆瓦里希的想法。说出"属于他们的
是此世，属于我们的是彼世"，这是着眼于宗教
劝导和训诫（*wa'z*）的视角，是垂直建立人与神
之间的联系。如果说，说教在传统玛卡梅文学中
占据了很大比重，那么在小说中说教则全无立足
之地，小说中的联系是严格的横向关系；小说中
的关系不再是人与上帝的关系，而是人与人、人
与社会的关系，伴随着多种文化的冲突作为变
量。在穆瓦里希笔下，开罗和巴黎构成了横向关
系的两极，巴黎是天堂，但判断取决于说话者是
谁，以及，这一点也和其他点一样，取决于穆瓦
里希小说中描绘出的形象，这些形象通常是矛盾
的。至于地狱呢？地狱，便是开罗，至少对于那
个帕夏，那个洞穴中的人，那个从彼世、从过去
回来，并突然出现在了现代社会的那个人来说是
如此。更确切地说，地狱对他来说，是官僚主
义，是与现代化不可分割的官僚主义。刚刚从
坟墓中走出的他想要回到自己的家；叙述者想要

去为他寻回他的马，但前往哪一地址、哪一条街、哪一个门牌号呢？这位帕夏对此一无所知，因为在他生活的年代，住宅仅以主人的姓名而闻名。就在这时候，他和一个赶骡子的人吵了起来，于是就此落入了警察和司法系统的网中，落入这一错综复杂、无法理解、毫无人性的系统中。从这一刻开始，深不可测而又难以理解的力量是官僚主义了；小说的许多章都描绘了这位帕夏在与政府机构及其各种各样的助手打交道时经历的磨难。几乎在同一时期，卡夫卡写下了《审判》。①

现在小说家要做的，是理解他所身处的世界，一个变得晦涩、谜一般的世界。一切已经和玛卡梅里的截然不同，在玛卡梅里，诚然，也有错乱，有并非他们所自称的那样的个体，有误导人的文本。歧义（*tawriyya*）这一

---

① 参见《米兰·昆德拉就卡夫卡和官僚主义在〈帷幕〉中所做的批评》，巴黎，伽利玛出版社，Folio 丛书，2005，pp.163—168。

修辞在其中功不可没，比方说，一个人自称是珠宝商，但实际上，他是诗人：珍珠对应词语，项链对应诗句……但所有一切都会以回归秩序告终，面具脱落，人物的面具和话语的面具也一样；世界是安稳的；玛卡梅是重新认识与确认之地。

这样的情况不会出现在穆瓦里希笔下，在他笔下，人物被投射到了一个对他们来说全然陌生的世界中。那位从墓中走出的帕夏，不认识周围的任何一人，随后在巴黎，他和尔撒·伊本·希夏姆一起接连经历一个又一个意想不到的事。在"光与镜之宫"，他们看到无数个自己的形象，他们每走一步，都只是白白使自己陷入更深的歧途："我们迷路了，晕头转向的我们每一次以为找到了一个出口的时候，我们冲过去的结果都只是把脸撞在光滑的镜面上。"在大皇宫，他们差点迷路，"鉴于建筑的宏大规模，房间数量之多，以及房间都塞满了各种绘画和雕塑"，有点儿像《小酒馆》中参加绮尔维丝（Gervaise）婚礼的客人在卢浮宫里晕头转向一样。[①] 他们甚至在巴黎见证了宇宙秩序的混乱：夜晚好似白昼一般，因为街道上如此明亮，"这一照明的奇观消除了昼夜，再也不会有黑夜，人们倒不如为自己的眼睛担心，鉴于光线是这么明亮而强烈，人们要担心是否会因此失明。"由此而来眩目的公鸡这一形象，在还是黑夜的时候，它们就以为天已经亮了："被欺骗了的公鸡相当确信，以为自己看到的是晨光，它们赶忙报晓！"

这个世界太明亮，具有欺骗性的明亮；但是，必须要竭尽全力去识别（既然已经无法再重新认出什么）。因此人们需要有人来向他解释和翻译阐释，这个富有知识的人于是就成了翻译者、引导者、智者的形象来源。在玛卡梅中是不需要翻译这一角色的；在任何时候，来自亚历山大港的阿布尔·法斯（Abûl-Fath d'Alexandrie）或来自叙利亚北部萨罗杰的阿布·扎伊德（Abû Zayd

---

① 左拉《小酒馆》（*L'Assommoir*）中的情节。译者注

de Sarûj）[1] 都不会和除了阿拉伯语外的其他任何语言有什么关系。在穆瓦里希的小说里，以"一位通晓美文的作家"的形象出现的尔撒·伊本·希夏姆，为迷路的帕夏充当翻译，他一会儿和后者用阿拉伯语说话，一会儿又用土耳其语说话，在巴黎时，又给后者解释他们所见的法语内容[2]。在西迪亚克的《一步一步》中，主人公从事翻译为生。并且和这本书的作者一样，他除了翻译别的，还翻译《圣经》。他对《圣经》的翻译基于各种原因没有维持太久，主要原因可能是他不久之后皈依了伊斯兰教；我们至少可以说，他的皈依一定程度上造成了他对《圣经》翻译的不适。翻译，新的版本，也是一种改宗：西迪亚克从天主教改宗到新教，再从新教改宗到伊斯兰教，在他生命的尽头，又从伊斯兰教改宗回到天主教。宗教的多元性，对应空间的多样性，对应语言的

---

[1] 他们都是哈马德哈尼创作的玛卡梅中的流浪汉形象。译者注
[2] 进入现代也意味着与"贵族时代"的分离，作家不再能指望保护者或赞助人。作家要靠自己的笔为生，或者从事第二份职业，像做翻译、记者或教学。

多重性；西迪亚克懂英语、法语、土耳其语、波斯语……

对一门外语的了解意味着一套新的阅读和书写准则，如果要走向欧洲，就要走向他们的文学作品。西迪亚克因此提到了拉马丁、夏多布里昂、拉伯雷，而穆瓦里希对巴黎的文化生活极为关注。因此，他们二人都获得了审视自己文学创作的新视角，他们从此站在对方的角度，以对方的标准来思考和评判自己的作品。对阿拉伯世界而言，比较研究的时代钟声敲响了……

但无论是西迪亚克，还是穆瓦里希，都无法完全脱离阿拉伯文学传统。在后者笔下，新的现象是通过旧的形象被感知、被描绘的：巴黎的建筑使他回想起"哈曼为法老建造的、由众多天才为所罗门王建造的，或是由希腊建筑师西尼玛（Sinimmâr）为努曼王（al-Nu'mân）建造的那些宏伟建筑"。通常，一个旧有的景观叠放在一个新的场景之上，就像当那个帕夏和叙述者在巴黎看到一位外表不修边幅的成功画家，对其描述如下："这个人穿着磨损了的大衣、破旧的衬衫，就好像古老吟游诗人专门为他所吟的一般：'旅行的伴侣，他用步子丈量大地 / 游荡在沙漠间，他毛发蓬乱，满身尘土。'"作者还大量引述格言、典型的形象和迂回的说法。如今的读者能明白"马拉（Ma'arra）的盲人，两座监狱的人质"指的是麦阿里，但他们中有多少人知道"Abû 'Ubâda"是诗人布图里（Buhturî）的代称呢①？

　　与玛卡梅的断裂，就是与古代意义上的"艾达卜"（adab）的断裂，也就是说，这种断裂伴随着与一种特定文化、话语体裁和形式、图像、修辞、格律，以及大量模糊记忆的断裂。牺牲了玛卡梅，所谓的"艾达卜"，是阿拉伯文学使自己融入欧洲文学付出的代价。这如今已成既定事实，但阿拉伯语，无论是我们所写的阿拉伯语还是我们所说的阿拉伯语，它们是否都已经与文

---

① 这是阿拉伯语中人名使用的变化：类似的情况如，人们如今会说"穆太奈比"（"Mutanabbî"），但很少会说"阿布尔－泰伊伯"（"abû-1-tayyib"）。也没人会再像以前一样，用"哈比卜"（"habîb"）来称呼"阿布·塔马姆"（"abû tammâm"）。编者注

学传统断裂，是否都已经遗忘了玛卡梅呢？它们已经不再承载着从前的记忆、难以磨灭的典故了吗？阿拉伯语是否已经是一门被遗忘支配的语言？

请原谅我轻率地、以带有一点骑士精神的方式，引用艾兴多夫的四句韵文作结。这么做的理由是，我们看到在《尔撒·伊本·希夏姆告诉我们的事》中缺乏爱情故事：对于那位帕夏和对于叙述者都一样，并没有任何他们可以爱的人跳入他们眼帘。舞者或者妓女的形象偶尔会在小说中显露出更清晰的轮廓，这不错，但我们在她们身上找不到所谓伴侣、母亲、女儿中的任何一种定位，在这一点上穆瓦里希仍然保持着哈马德哈尼和哈里里笔下的玛卡梅文学的传统，在这种文学传统中爱情不存在，女性仅仅在极少的情况下出现。正相反，西迪亚克从最开始就指出他的书的目的是颂扬女性。"Fariyâqiyya"，所爱的人、妻子，在《一步一步》中有自己的发言权，似乎已经将艾兴多夫那著名的指令内化为她们自身的一部分："谁想要出发去远方 / 谁就要带上他钟爱的女郎 / 因为其他人，当他们享乐时，/ 便会剩这个可怜的异乡人孤零零一人在一旁。"①

---

① 约瑟夫·冯·艾兴多夫（Eichendorff），《一个无用人的生涯》，由玛德莲娜·拉瓦勒（Madeleine Laval）和罗贝尔·斯科特里克（Robert Sctrick）从德语译成法语，巴黎，腓比斯出版社，1990，p.86。

## 但丁和麦阿里

盲诗人麦阿里[1]留下了大量韵文和散文作品。他尤其以《命令式》（*Les impératives*）而知名，因为这本诗集中的"大胆"想法。我很确信会有这样一天，人们读这本诗集时，会依照叔本华去解读它，或者，迟早人们会将其与齐奥朗相比，因为他们有明显的亲缘性。在这样的一天来临之前，我们先关注麦阿里的另一本书《宽恕书简》[2]，一本从总体来说描绘在彼世的生

---

[1] 见第 3 页注①。编者注
[2] 由东方学家文森-芒索尔·蒙特伊（Vincent-Mansour Monteil）从阿拉伯语译为法语，巴黎，伽利玛出版社（Gallimard），1984。
　　参见第 3 页注②。编者注

活的书。麦阿里的同时代人并未对这一书简给予太大关注；他们只是在编订麦阿里作品目录——无疑是一份长极了的书单——的时候提到这部书简，但并未提及这本书的主题。在他们眼里，这封散文体书信和麦阿里所撰写的其他浩繁卷帙并无不同，反正他们对这一书信的评价既不正面也不负面。如今，人们会带着一些不耐烦的心情阅读这本书，人们惊讶与恼怒于它混杂的结构、古体的风格、它的晦暗难懂、它对韵文连篇累牍的引用、词汇和语法上迂回的离题……但又怎么解释，尽管如此种种，它仍是阿拉伯人心中最亲近珍爱的文本，并且自 20 世纪初开始，它就成了麦阿里被读得最多、也被出版得最多的作品？答案只有一个词，一个名字：但丁·阿利基耶里（Dante Alighieri）。的确，自从人们将它视作《神曲》可能的来源之一，《宽恕书简》便成为人们好奇的对象。对这两部作品的比较研究，我们尤其应该感激的是阿拉伯语言专家米古埃勒·阿辛·帕拉西奥斯（Miguel Asin Palacios）。

在他的《神曲》中穆斯林末世论的影响研究中 ①，
他提到了对先知夜行登宵的记述，以及伊本·阿
拉比（Ibn 'Arabî）的神秘学诗歌对但丁的影响。
他还花了他著作的一整章，来研究但丁作品中对
彼世的象征与麦阿里笔下对彼世的象征的相似
性。这种接近可能显得毫无根据：但丁很显然没
有任何可以得知《宽恕书简》的途径，后者过去
从未在欧洲被翻译过，也没有在阿拉伯世界引起
程度足以吸引非阿拉伯世界的注意的争论。但这
种比较有一个直接的结果：《宽恕书简》在阿拉
伯人眼中身价倍增、重获新生，地位也提高了。
多亏了但丁·阿利基耶里这位意大利大诗人和阿
辛·帕拉西奥斯这位西班牙学者，《宽恕书简》
从此永远与《神曲》联系在了一起（意大利人可
不怎么喜欢这样的联系）。

　　《宽恕书简》地位的提升，应该被放在由被
人们称作欠债与还债思想支配的语境中看。了解

---

① 《〈神曲〉中的穆斯林末世论》（*La escatologia musulmana en La divina comedia*），马德里，1919。

到欧洲也一样欠债，也一定程度上受惠于阿拉伯世界，让人们感到放心……指出但丁多大程度受惠于麦阿里和伊本·阿拉比，就是让自己加入这样一种运动，强调欧洲文化在医学、哲学、天文学和文学上欠了阿拉伯世界多少。对这一主题的强调并非无辜，阿拉伯人欠了欧洲太多，阿拉伯人接受到的馈赠是巨大的，否认这一点将违背显而易见的事实。但是，馈赠与需要偿还的义务相连，它需要反馈馈赠，不然，就会像马塞尔·莫斯（Marcel Mauss）强调的那样，会让一种歉疚的情绪扎根。如果能提出一些对欧洲文化产生了无论怎样的影响的作家名或作品名，是有多么让人满足呢：阿维森纳、伊本·图斐利、阿威罗伊（Averroès）①、《一千零一夜》……值得注意的是，人们并不赋予诗歌以特殊重要性，或者极少。

我很乐意让意大利朋友们安心。但丁很大

---

① 伊本·鲁世德（Ibn Rushd），欧洲人称之为阿威罗伊，哲学家、博学家。他支持亚里士多德的哲学。编者注

可能并没有受到麦阿里的影响。但是，如果说麦阿里受到但丁的影响，很可能并非完全不符合事实，尽管他生活的年代比但丁早四个世纪。他只不过是通过预知完成了抄袭……这里我想暗示的是，《宽恕书简》的读者是有明确动机激励、有明确方向导向的，并且可能也因为人们对于《神曲》的了解而感到困扰：人们阅读麦阿里时眼里还有但丁，人们在麦阿里的作品中寻找但丁。麦阿里终于得益于自己与这位意大利诗人间密切的联系，在这一意义上，是但丁完成了《宽恕书简》，他通过使得这部作品被看见的方式将作品提升为存在的作品，他因此可以被称作作者，至少可以被称作合著者。

对这一事实情况，没有什么好感到惋惜的。要惋惜的话，人又能以哪一种纯洁性之名，以怎样的所有者之名、以怎样的清白之名去发出哀叹呢？欠债，通常被看作一种负面的东西，在智识领域却是正面的，它象征了久远的作品所焕发的新生，它们被赋予、被确保了"新的生命"（vita *nova*）。我欠下的债越多，我自身越丰富。一种文学，如果不缔结债务的契约，或不再欠债，必定会走向终结。

## 《堂吉诃德》，由阿拉伯丝线织出的布匹？

　　在很久之前，在一次关于阿拉伯人的——因此也是关于欧洲人的（人真的能在不谈及他者的情况下谈及一个对象吗？）——闲谈过程中，一位在摩洛哥教书的法国物理学家向我保证，《堂吉诃德》是一个阿拉伯人，艾哈迈德·贝内赫利（Sidi Ahmed Benengeli）先生的作品。那时我没明白他的话是什么意思。另外，我当时还未读过这本小说；我对于这本书，仅通过古斯塔夫·多雷（Gustave Doré）所绘的插图和学校课本上的一些选段，有一些模糊的了解。我必须承认的是，我那时不太喜欢对主人公接二连三失败的叙述，这让我感到痛苦。我也远非唯一一个做如此反应的人：海因里希·海涅（Heinrich Heine），当他还是个孩子时，边读《堂吉诃德》边洒热泪。直到1985年我才完整地，至少几乎完整地读了这本小说……我当时得去参加一个关于这部名作的研讨会，研讨会由胡安·戈伊蒂索洛（Juan Goytisolo）在西班牙龙达举办。就这样，我等到了四十来岁才读塞万提斯……

当我读到第九章时我回想起那个法国物理学家，塞万提斯表明小说的作者是个摩尔人，叫艾哈迈德·贝内赫利[1]。这里，所有线索都说明，这是小说虚构；但是那位物理学家明显没有这么理解塞万提斯的表述，他将这按字面意识理解了。他读错了，也理解错了。他在阅读时并无怀疑，他就像堂吉诃德阅读骑士小说那样阅读塞万

---

[1] 塞万提斯在《堂吉诃德》中虚构出来的人物。《堂吉诃德》的第九章中，同为叙述者和小说人物的塞万提斯在搜寻与堂吉诃德有关的文本时，找到一份手稿，他认出这是用阿拉伯字母写成的，于是找到一个懂得阿尔哈米亚文 (aljamía，用阿拉伯文转写的西班牙语) 的摩尔人为他翻译，译出的就是所谓由阿拉伯历史学家艾哈迈德·贝内赫利记叙的堂吉诃德的故事。译者注

提斯，对文本深信不疑。人们有理由认为，此人并非塞万提斯真正想要的读者，也许也不是任何一本小说的理想读者，如果他自发地赞同文本内容并毫无保留意见的话。

尽管如此还是要说，他是多么的天真啊……如今我倾向于认为他的话绝不简单……我是否不像他那么天真？我看未必。无论如何，他算是正中靶心，因为我对《堂吉诃德》的阅读自那之后就被定下了目标，导向一个明确的目的，就好像我努力想要能论证他的想法般。在我的《堂吉诃德》存书中，人们会发现，提到艾哈迈德·贝内赫利的段落、所有出现任何一个阿拉伯名字或词语的部分，和所有讲述了摩尔人或摩里斯科人的故事的地方都被下划线标注出来了。阅读局部的读者，是带有偏见的，因此他们也是有意曲解的读者，他们选择对书的其余部分视而不见。

"织布"是塞万提斯在提到写作时很爱使用

的表达。被比作纺织工人的作家使用织造的隐
喻，在《堂吉诃德》文本中反复重现：这一隐喻
尤其在当塞万提斯谈到翻译的时候被突显，更确
切地说是当他借主人公的嘴说出"从一种语言翻
译到另一种［……］，这过程就像观察一幅弗拉芒
挂毯的背面一样：我们总能分辨出形象轮廓，但
它们总是搅在一团线中叫人看不清，以至于失
去了从正面看到的形象所具有清晰与鲜明"[1]。在
目标语言（langue d'arrivée，指译作的语言，即
挂毯背面）中，繁多的线头将源语言（langue de
départ，指原作的语言，即挂毯正面）中的形象
变得混乱黯淡；人们可以认出它们来，但它们已
经变得枯萎、衰弱。这是丝线的悖论：它们可以
将东西连接、归并、汇合到一起，但也可以区
隔、分解、拆散事物。

翻译是困扰堂吉诃德的巨大难题，他做不到

---

[1] 法语译本由阿莉娜・舒尔曼（Aline Schulman）翻译，巴黎，赛
伊出版社，1997。

像伟大的高卢骑士阿玛迪斯 [1] 那样，无法向他的榜样看齐。原型与仿品之间的鸿沟是巨大的；在任何时候，探寻的结果都不会与正面相同。翻译对塞万提斯来说也是个大问题，尤其是在他表明，他的小说是由一个阿拉伯历史学家艾哈迈德·贝内赫利所写的情况下，使得我们在阅读《堂吉诃德》时，这本书以一个阿拉伯文本的西班牙语译本的形象出现在我们眼前，因此是一个模拟的幻像，是原手写本的背面。

塞万提斯是在托莱多（Tolède）发现的这份手稿，从一个年轻男孩准备卖给一个丝绸商人的旧纸堆中发现的。这一发现发生在托莱多，一个长久以来的翻译与文化碰撞的中心，是否只是偶然呢？这份被发现的手稿是用阿拉伯语写就的，

---

[1] 高卢的阿玛迪斯（Amadís de Gaula），同名作品自 16 至 18 世纪一度风靡欧洲，时人争相续写此书，进而形成了一个庞大复杂的阿玛迪斯文学圈（ciclo）。该书讲述了骑士阿玛迪斯的冒险传奇，主要故事情节成型于约公元 13 至 14 世纪，在 15 世纪晚期由卡斯蒂利亚人文学者加尔西·罗德里格斯·德·蒙塔尔沃（Garci Rodríguez de Montalvo）增校成书，是中世纪时代著名的骑士小说，也是骑士小说中最经典的一部。编者注

是否也是偶然呢？这一幕发生在服饰用品一条街，一条缝纫用品（针、线、纽扣、丝带，等等）商贩汇集的街，这还是偶然吗？我们又一次提到了文字与织物的接近。

这条路、这个市场是偶然交汇之处。塞万提斯从他的家、他的语言走出来，走向了他者，对他来说的他者，一位阿拉伯作者。他从他本来的道路上偏离，迷失了方向：这就是相遇，这就是翻译。然而，即使他辨认出手稿上写的是阿拉伯字母，他也无法破译它们；对他来说，这些字母是死的，是一堆从中看不出任何形象的线团。但是，他很明确，他对一切与堂吉诃德有关的文字都感到好奇，甚至连扔在街上的碎纸头都要看看……为了找到一本好书，便需要阅读所有文本，每一个文本都是潜在的杰作……

读所有的文本，甚至读敌人的语言写成的文本。被发现的手稿的作者，实际上属于会被塞万提斯称为"我们重要的仇敌"的种族。这说法听上去像一个贵族头衔（他们才是称得上重要的

人），或标志了一种同谋关系：我们的敌人如此
强劲、如此独一无二，以至于变得与我们如此亲
近。因为一个敌人越重要，他就会变得越亲近。
因此需要抢救下小男孩售卖的旧纸堆，不然它们
就会变成包装纸。抢救一本敌对方作者写的书，
这本书便不再独属于它本身的语言，而会被置于
另一种语言中。阿拉伯文本就此被穿上新的衣
衫，一套卡斯蒂利亚的服装。

借由改变文本来拯救文本。在一本人们如此
之多地谈论翻译的小说中，应该预期到会有一番
关于转变的论说。在翻译和改宗之间，是哪个神
又有什么区别呢？有的只是改宗者、叛教者，在
《堂吉诃德》中，说到底以谁改宗告终了呢——
一种极为模糊的皈依——竟是主人公自己！还有
翻译者（比方说，可以参考的俘虏和美丽的祖赫
拉 [ Zohra ] 的故事！）

为了了解从年轻男孩那里买到的手稿的内
容，塞万提斯向"一个说 [ 他自己的 ] 语言的摩
里斯科人"请教。这个使用双语、既有"反面"

也有"正面"的人，是中间人、传递者。但更引人注意的是，这个在两者之间、占据一个中间位的人，打开了手稿，不是从开头，而是从书中间开始朗读。没读几行他便笑出了声。他边笑边读。

要补充一句，此人并非贪吃之人，以几磅葡萄干和几斗小麦为交换，他接受了"忠实且尽可能快速"地将手稿译完的条件。塞万提斯将他带回了自己家……但在此之前，他将这个人带去了大教堂的回廊里。为何多此一举？大概是为了使他们即将达成的交易更具庄严感，多一层神圣的保证。将摩里斯科人带去教堂：我重提那句著名的谚语"就像带犹太人去清真寺"，一句用来描绘将令人不适的程度放到最大的行为……塞万提斯并没有到让这个摩尔人发誓的程度，但这种行为也没什么区别。不过，人是否可以预期来自一个不信教者（这个摩里斯科人的信仰并不明确，不是吗？）的忠诚，另外，此人还是一个译者，从事这样一种天生令人怀疑的职业，更有甚者，此人还在读书时发出笑声？

　　"为了有更多的安全感，因为我不想白白放走我找到的这么一个人，我将他带回了家，在那儿，在大约六周的时间内，他给我翻译完了整个故事，正是我带到这里来的这本。"在缝纫用品一条街的那幕之后，在他们在大教堂达成了协约之后，情节是回到家中，重新拾回自我，重新加入自己的语言中，但是通过他人语言的方式。翻译的摩里斯科人，在他被要求工作的整个那段时间，都将是塞万提斯住所的主人，整整四十余日。他不得不与世隔绝，他与世界的联系被切断了。西班牙语中的"四十"（Cuarentena），胡安·戈伊蒂索洛多么熟悉的数字①。

　　现在人们不会再听说有关那个摩里斯科人的事了。他的工作已经完成，他就从舞台上消失了，和他之前出现的那个小男孩一模一样。他一

---

① 胡安·戈伊蒂索洛的代表作之一就叫《四十》。另外在前文，由于戈伊蒂索洛这位塞万提斯奖获得者的邀请，作者也是在四十来岁才读的塞万提斯。**译者注**

定在六周的翻译工作中获得了不少乐趣。他难道不是从读到的第一句始就笑出了声吗？他一定也是边笑边翻译的。

为什么塞万提斯要借助于虚构被发现的手写本呢？这是个古老的惯例了，人们会说。但为什么这么明确地召来了一个阿拉伯作者呢？提起一个 12 世纪的经院哲学家，巴斯的阿德拉德①（我们要感谢他，尤其是他将许多阿拉伯科学文本翻成了拉丁语版本），可能并非无益。他注意到，他的同时代人拒绝接纳所有看上去来源于现代派的东西，于是他寻了一个脱身之计：

　　　　为了规避这样一种窘境，即人们

---

① 巴斯的阿德拉德（Adélard de Bath，1080？—约 1142/1152）是 12 世纪的英国自然哲学家。他以其原创作品和将许多重要的希腊占星术、天文学、哲学、炼金术和数学等科学著作从阿拉伯语翻译成拉丁语而闻名，这些著作随后被引入西欧。现存最古老的欧几里得《几何原理》拉丁文译本就是 12 世纪阿德拉德从阿拉伯语译本翻译而来的。他被认为是最早将阿拉伯数字系统引入欧洲的人之一。编者注

认为我的种种想法,是从我无知的头脑深处提炼出来,我尽量使人们相信,这些想法是从我的阿拉伯研究中得出的。如果智力迟钝者不喜欢我的言辞,希望他们厌恶的不是我。我知道,在庸众眼里,真诚的知识分子的命运会是怎样的。同样,我也不是在对我的审判中为我自己进行辩护,而是在对阿拉伯人的审判中为阿拉伯人进行辩护。

又是弗拉芒德挂毯的背面与正面。巴斯的阿德拉德写作时将阿拉伯人当作挡箭牌,既给了担保也提供庇护。塞万提斯也是这样吗?

但让我们大胆提出另一种假设。"发现阿拉伯手稿"这一程式能追溯到比塞万提斯早得多的时代,佩德罗·德·卢汉(Pedro de Lujan)就是如此,他将骑士十字勋章授予了一个摩尔人

作者，格扎尔东（Xartón）[1]。为什么将这一特权
（如果它是的话）授予阿拉伯人呢？塞万提斯
不无讽刺地强调，"这个种族的所有人都天然是
说谎者"。换句话说，他们在说故事方面没有对
手……

---

[1] 见蒂耶戈·克莱蒙辛（Diego Clemencín）对《来自曼查的骑士
堂吉诃德大人》（*Don Quijote de la mancha*）的点评，瓦伦西
亚，阿尔弗雷多－奥尔特勒斯出版社（éditorial alfredo ortells），
2001，p. 1063，第 14 条注释。

# 殖民地文学

在《法国时间的摩洛哥》(*Le maroc des heures françaises*)[1] 一书中，阿布德拉里·拉霍穆里[2] 简略提及曾对他吐露心声的加布里埃尔·布努尔[3]："但请您相信，您所厌恶的法国，也同样是我们厌恶的。幸运的是，还有波德莱尔和兰

---

① 拉巴特，马尔萨姆和斯图奇出版社（Marsam et Stouky），1999；初版 1973 年，发表于阿尔及尔，由 SNED 出版社以下述标题出版：《摩洛哥在法国文学中的形象：从洛蒂到蒙泰朗》(*L'image du maroc dans la littérature française* [*de Loti à montherlant*]）。

② 阿布德拉里·拉霍穆里（Abdeljalil Lahjomri），当代摩洛哥作家、知识分子，摩洛哥拉巴特皇家学院院长，2015 年以来担任摩洛哥王国学院常任秘书长。

③ 加布里埃尔·布努尔（Gabriel Bounoure，1886—1969），法国作家。66 岁时开始在开罗大学教授法国文学，并从 1959 年开始在拉巴特大学任教，是东方诗歌和法国文学之间最著名的中间人之一。编者注

波的法国……"因此，存在一个令人厌恶的法国……拉霍穆里在他这本为摩洛哥画像的书中试图勾勒出的，是这一形象的暧昧性，其前身还身处久远的过去。于是人们会在他笔下读到关于诸如加布里埃尔·夏尔姆①、皮埃尔·洛蒂②、安德烈·舍夫里隆③等作家的评述："面对一个迄今为止仍然未知的世界，面对发现的这样一块新的土地，旅行者们不自觉地诉诸刻板印象、形象的联觉、比较以及大量的偏见和模式，总是些一样的东西，他们以为他们第一次提出了的新颖的学说，实际只是萌生于记忆深处、年深月久的东西。"阿布德拉里·拉霍穆里一直上溯到十字军东征，上溯到《罗

---

① 加布里埃尔·夏尔姆（Gabriel Charmes, 1850—1886），法国记者、探险家。著有《在开罗和下埃及的五个月》《土耳其的未来》《一位摩洛哥大使》等作品。**编者注**
② 皮埃尔·洛蒂（Pierre Loti, 1850—1923），又译毕尔·洛蒂，本名朱利安·维奥，法国小说家和海军军官，著有《冰岛渔夫》《拉曼查的恋爱》《菊夫人》等书。他的作品极富异国情调，在当代非常受到欢迎。于海军服役时，曾到过近东和远东，这些经验为他的作品提供了丰富的资源。**编者注**
③ 安德烈·舍夫里隆（André Chevrillon, 1864—1957），法国作家，他选择了英国和东方作为研究对象。**编者注**

兰之歌》，来尝试把握摩洛哥殖民地形象的根源。他还关注 17 世纪末到 18 世纪初的文本，诸如诺拉斯克神父（père Nolasque）的旅行日记或日尔曼·穆埃特（Germain Mouëtte）的被俘日记。他同样也研究戏剧——极其令人疑惑，并且是当时只对他一人来说值得讨论的作品——伯纳丁·德·圣皮埃尔（Bernardin de Saint-pierre）的《恩普塞尔和佐拉伊德》（Empsaël et Zoraïde，又名《摩洛哥黑人的白人奴隶》）。但是，当然，19 世纪后半叶的殖民地文学构成了他主要的研究对象。

这种殖民地文学专供法国读者阅读。它以摩洛哥人为叙述对象，但在任何时候摩洛哥人都不会被看成对话者。另外，在皮埃尔·洛蒂和塔劳（Tharaud）兄弟写作的时代，摩洛哥人中有谁懂得法语，除了对文学毫不关心的几个翻译官和少数批发商以外？这些作家的文字建立在一种法语对法语的对话基础上。因此，塔劳兄弟在谈他们的书《非斯，或伊斯兰的资产阶级》（*Fès*

*ou les bourgeois de l'islam*）时写道："我们很高兴
地发现，我们给非斯本地人勾勒的肖像，在大
部分曾经在这个城市长期居住过的法国人眼里
是准确的。"对于这些肖像，他们丝毫不关心被
描绘的当地人是怎么看待的；这些人并非"你"，
而是"他"，一个第三人称，一个不在场的人（al-
ghâ'ib），就像阿拉伯语法学家创造的这个词一样。
还是这些当地人，他们是没有任何途径能接触到
这些关于他们自己的书的，甚至可能终其一生他
们都不会知道有这样的书的存在。可能就是在摩
洛哥人被排除出对话以及被缩减到"他"的层面
上这一现象，清晰地显现出这一时期摩洛哥法国
人的优越感。军事、经济上的优越，与对话语、
话语权的掌控相连；征服不仅通过武力发生，还
通过文学。相对地，摩洛哥人则显得沉默、失
声，并将长久如此。

摩洛哥殖民地文学极其丰富，数量巨大。但
至于其文学价值，需要指出的是，它没有产生

出鲁德亚德·吉卜林①这样的作家，更没有产
生出康拉德（Conrad），它产生出了德拉克洛瓦
（Delacroix）。一个令人困惑的德拉克洛瓦：他在
摩洛哥的游记里充满了偏见，而他的画作中却毫
无偏见：持续挑战研究者的谜团就在于此。无论如
何，殖民地文学具有不可代替的文献价值；即使它
存在本身，就已经说明了一些问题。并且事实上，
殖民地文学在摩洛哥也并无竞争对手。洛蒂在写
《在摩洛哥》（Au maroc）时，也是塔劳兄弟发表
他们关于拉巴特、非斯和马拉喀什的作品的时候，
摩洛哥文学作品的表现又是如何呢？我不认为我
说摩洛哥文学不存在是说错了，我想说的"文
学"是现代意义上的文学。的确，那时是存在文
人的，但他们写什么呢？不管怎样，他们不写小

---

① 鲁德亚德·吉卜林（Rudyard Kipling，1865—1936），著名英国
作家、诗人，被视为英国19世纪日不落国的帝国文学代表作家。
1907年获得诺贝尔文学奖。其杰出的叙事与高超的文学性备受
后世推崇，对世界文学影响深远。他出生于印度，1870年被送
回英国上学，1882年返回印度，成为一名记者并开始写作。主
要著作有短诗《如果》，诗集《营房谣》《七海》，短篇小说集《山
中的平凡故事》《丛林之书》，长篇小说《勇敢的船长》《吉姆》，
等等。编者注

说，因为小说这种形式是进入现代的明确标识。[1]

基本上，我们对殖民地文学的态度具有双重性。在我们眼里，它可以是让人排斥、令人厌恶的，但同时我们也会被它迷住，因为我们总是对其他人怎么想我们感兴趣，不管是个人还是集体的——这可能也是种弱点。最经常的情况是，他们所断言的与我们对自己的自画像截然不同。人们是这样看我，人们是这样看我们的……这可怕、讨厌极了，但这还是最不夸张的说法！我们在拉霍穆里的作品中看到的就有些像这种情绪，一种愤慨之情和一种复仇的欲望：拉霍穆里在斥逐那些偏见、那些殖民作家先入为主的观念时，一定感到了某种程度的愉悦，他尽力设法抓住这些人的错处，让他们受到攻击。"这会让你得到教训……"但拉霍穆里的探究并不止于此层面，他并不满足于让读者自己见证殖民话语的不合

---

[1] 所谓"摩洛哥第一本小说"，是《褐色的马赛克》（*Mosaïques ternies*），由阿卜杜勒卡德尔·沙特（Abdelkader Chatt）所著，发表于 1932 年；由瓦拉达（Wallada）出版社再版。

理，他还要更进一步，尝试进行另一种训练——更困难，也更能在精神层面令人满意——也就是阐释这些偏见，将它们放在历史语境下，明确指出它们是在哪一种腐殖的土壤中开出花的。他就是如此尝试理解为什么像蒙田这样的人会那么说，一言以蔽之，用同情的语气谈论"信奉穆罕默德的人"（Mahométans），而又是为什么帕斯卡尔对此发表负面的言论。

从总体上看，殖民作家为摩洛哥与摩洛哥人描绘了一幅在我们看来错误的图景；他们不公正的判断只能激起读者的反叛。19 世纪后半叶的摩洛哥，在诸如加布里埃尔·夏尔姆这样的作家看来，就像是中世纪的延续，与欧洲不仅在地理空间上隔绝，也在时间上隔绝。拉霍穆里花了不少章节来整理出在这类文学中，当地人被描绘为一副什么样的尊容：结论是摩洛哥人"耽于肉欲到狂乱的程度，个人主义到无政府主义的程度，虚荣到过度，堕落、残忍，以及暴虐、狡诈、伪善到了毫无道德可言的程度，但最终显著的特点是，他们麻木不仁、懒惰成性"。人们惊讶于礼貌竟也是他们性格的一部分，但，更明确地说来，礼貌是由不信任决定的。有时，这些外国的观察者放弃理解，并通过宣称摩洛哥人的灵魂难以理解、充满矛盾来避开问题。摩洛哥人的灵魂！这个词是最终判决：灵魂，标识个体的本质，人无论如何不可逃脱的宿命。无论做什么，摩洛哥人原来是什么样就还是什么样，对于摩洛哥人无法抱有其他任何期待，除了这永远附着在他身上的灵魂会不断变化表现形式，这一灵魂他无法从中抽身，也没有任何东西可以帮助他从中解脱。顺带一提，我们如今几乎不再使用这个词，我们徒劳地在文学中寻找它，但它已经完完全全地从词汇表中消失了。

借由"摩洛哥人灵魂"的概念，人们通向了一种对摩洛哥和摩洛哥人的虚构印象，却对途经的事实视而不见。但那是哪一种事实？由谁持有的事实？谁能自吹拥有它？棘手的问题……我们说，殖民话语翻译了其作者们持有的真实，它们是主观的事实，是从他们的视角看来千真万确的事实。人们不能因此责备这些作者，贸然无根据地指责他们在智识层面不诚实，我们甚至会认为他们其实相当诚实，但他们笔下那些一目了然的偏见所展现的，与其说是出于有意歪曲事实的意愿，不如说是无意识的。在谈及摩洛哥时，这些作者谈到的其实是他们自己；所以拉霍穆里这样写道，"人们将在洛蒂描绘的图景中找到的，并非摩洛哥，而是萦绕洛蒂的妄念"。洛蒂的作品告诉我们关于之事太多，关于摩洛哥又太少。"这个国家中，没有任何东西"——拉霍穆里继续写道——"是按其客观事实展现在人们眼前的，一切事物被观察感知都是通过棱镜的折射——那改变形状的棱镜正是作者隐晦而无意识的担忧与执念。"同样地，当另一位这样的作家表示，"在摩洛哥，感情与建筑相当雷同，脆弱且永远准备着化为齑粉"时，我个人其实相当茫然。这里说的是摩洛哥人吗？也许是，也许不是，但可以肯定的是，他笔下的摩洛哥人惊人地与《情感教育》里的人物相似，后者出于古斯塔夫·福楼拜之手……

　　但我们再一次询问，客观真实又在哪呢？什么才是摩洛哥人真正的形象？我们是否真的握有这种真实？我们自己甚至都从未怀有过这样的雄心。另外，谁才是这个"我们"（这个我可能失之轻率地使用了的"我们"）、声称了解历史真相的"我们"？我们离我们的祖先已经太远，我们的视角与他们的相异，除非假定一种延续稳定性、一条笔直直接的传承谱系、一种对相同事物的重复，总之一种核心灵魂（又是它！），但这种假设，在历史学家眼里是站不住脚的。可是确实，从感情的角度说，延续比断裂更让人满意；这是一种自我庆祝的形式，尽管这种庆祝并非一成不变，因为它常伴随着自我贬低。摩洛哥人这样的感叹，我们不是不知听过多少次吗："这些摩洛哥人，神保佑我们！"（*Had lamgharba ya latif*！）而人们说出这样的话时，他们指的是什么、指的是谁，大概只有天知道。严肃点说，不管这种口头语，如今在摩洛哥文学中，我们又能找到怎样的摩洛哥形象呢，比如说在小说里，尤其是其中可以被称作伤痛小说的那本，德里斯·什赖比的《简单过去时》（*Le passé simple*）？作家的身份确实会影响我们对文本的接受，我们一般都接受一位摩洛哥作者对摩洛哥的评价，但同样的说法如果出自一个法国作者之口，就会显得难以容忍。

这导致我们提出一个问题，一个可能更令人感兴趣的问题，一个拉霍穆里没怎么在他的书中提过的问题：与殖民文学同时期的摩洛哥文学，又是怎么样的呢？广义上的文学，包括史学史、编年史、当时重要历史角色或见证人所写的各种文字。比如，1886 年，在接近加布里埃尔·夏尔姆书写他在摩洛哥的游记的时刻，也是苏丹哈桑一世（Hasan Ier）在位，历史学家那西里（Nâsirî）编写这位苏丹的编年史，作为其历史著作《摩洛哥文献》（*Kitâb al-istiqsâ'*）一部分的时刻。我们当时对摩洛哥有两种印象，一种外来的，一种本土的。这两种看法截然不同，但也有交汇之处；没有任何疑问，当布里埃尔·夏尔姆做出如下声明的时候，那西里不会反驳他："我了解摩洛哥军队，因为我曾看过他们在战争中列阵的样子；我知道那是怎样的，这群兵匪，这群乌合之众，他们破衣烂衫，拿着最烂的枪；我一刻都不曾怀疑，他们根本无力抵挡欧洲任何一个国家的军队，哪怕是毫无组织的那种。"可以肯定，那西里同意这种观点，正是他，曾经满心呼唤军队改革，也正是他，甚至在自己的书里花了整整一章来讨论这一议题。可能还有其他议题，在这些议题上进行比较可以收获颇丰，这些议题也可以逆向地照亮过去，也许可以使我们更接近当时时代的客观真实。

最后让我们以人们所谓的"被征服者的视角"作结。在茨维坦·托多洛夫① 为爱德

---

① 茨维坦·托多洛夫（Tzvetan Todorov，1939—2017），法籍保加利亚裔哲学家。他出生于索菲亚，1963年起定居法国，是结构主义文学批评的代表人物之一，也是叙事学理论的主要奠基者，其论著涉及文学理论、思想史以及文化现象分析等诸多领域。主要著作有《符号学研究》《什么是结构主义》《〈十日谈〉语法》《象征理论》。编者注

华·萨义德（Edward Saïd）的《东方主义》（*L'orientalisme*）所作的序言中，他指出，《东方主义》这本书缺少一个必要的补充，即东方人是怎样看待欧洲、看待西方的。我必须说，在读阿布德拉里·拉霍穆里关于殖民文学的作品时，我经常问自己，摩洛哥人在这段时期是如何看待法国的。这是另一个话题了，诚然，但对这个问题的讨论是必须的，这样才能对诸事有一个公平的视角。继《法国时间的摩洛哥》之后，或许应该有一日能有一本《摩洛哥时间的法国》。

## 罗兰·巴特和小说

罗兰·巴特（Roland Barthes）对诗歌没有太多着墨。在我的认知中，他从未表达过想要创作诗歌的欲望，在他的作品里也很少能找到对韵文的引用或者参考了哪一位诗人。他确实曾在《符号帝国》（*L'Empire des signes*）里就日本俳句写过不少文字，可能因为这种简洁精炼的形式与他自己的写作风格相符。毕竟，他的小册子《偶发事件》（*Incidents*）[①] 就可以被看作是一本俳句集。比如说：

① 巴黎，赛伊出版社（Le seuil），1987。

马拉喀什的集市：薄荷堆里的乡野
玫瑰。

又或者：

一个穿杰拉巴长袍（djellaba）（用
深色的破布做成）的人用一条宽大的饰
带，斜背着深绯色的大洋葱。

如果说巴特看上去不太追求诗歌，那么相
反，他对戏剧的热切关注众所周知。他同样还就
经典小说，如萨德（Sade）、儒勒·凡尔纳（Jules
Verne）、莱昂-布洛伊（Léon Bloy）、马塞尔-普
鲁斯特（Marcel Proust）、新小说阿兰·罗伯-
格里耶（Alain Robbe-Grillet）、米歇尔-布托尔
（Michel Butor）和先锋派小说菲利普·索莱尔
斯（Philippe Sollers）、皮埃尔·圭亚塔（Pierre
Guyotat）、赛维罗·萨尔杜伊（Severo Sarduy）、

雷诺·加缪（Renaud Camus）等写过大量文字……
他自己更倾向于哪一派呢？在《S/Z》中，他为
现代文学，为他所说的"可写文本"（scriptible）
做了一篇掷地有声的赞歌；但是就我自己而言，
处于"先锋派后锋"位置的他更青睐传统叙事，
那些"易读文本"（lisible）。他直言不讳地在《巴
黎的夜晚》（Soirées de Paris）中承认："我一直
秉承这样的想法：如果现代派是错的呢？如果他
们根本没有才华呢？"古典派，他们并没有犯
错，而且的的确确才华横溢……

　　但到底该如何决定？应该基于怎样的标准去
评价一部作品？我们能否更进一步，比如说，我
们更喜欢的其实是睡前读物？巴特对此做了一个
绝妙的阐释，他在《巴黎的夜晚》中，对一天的
叙述通常以提到自己读了什么作结。总而言之，
从白天看的书一直描述到夜里看的书。帕斯卡尔
的《思想录》（Pensées）属于第一类：他在家以
外的地方读它，在花神咖啡馆或者在飞机上，在
白天，在公共场合阅读。相反的是，他很难想象

要怎么坐在花神咖啡馆的客人中间读儒勒·凡
尔纳，凡尔纳的小说是与睡眠紧密相连的。在
《文之乐》(*Le plaisir du texte*)中，他坦言，在
晚上他只读小说和古典的叙述文本："我整晚整
晚地读左拉，读普鲁斯特，读凡尔纳，读《基督
山伯爵》(*Monte-cristo*)，读《旅人札记》(*les
Mémoires d'un Touriste*)，有时甚至读朱利安·格
林（Julien Green）。"这些作品与私密的空间相
连，与家相连，与孤独相连，与睡眠相连，与梦
相连，与床相连。"床就是岛屿"①，米歇尔·莱
里斯②如是说③：我们知道巴特对《神秘岛》(*L'Île
mystérieuse*)的酷爱。

从所有迹象看来，"写作性文本"对巴特

---

① 这里米歇尔·莱里斯用了一种法语中的文字游戏"verlan"，在口
语中表达一个词时将其音节颠倒，还表达相同的意思。lit=île 这
一等式就是由音节颠倒产生，产生了莱里斯所表达的新的含义。
**译者注**

② 米歇尔·莱里斯（Julien Michel Leiris）是法国超现实主义作家和
民族志学者。作为巴特超现实主义团体的一员，雷里斯（Leiris）
与乔治·巴塔耶（Georges Bataille）一起成为社会学流派的重要
成员。著有旅行手记《非洲幽灵》与《成人之年》等。**编者注**

③ 由乔治·佩雷克（Georges Perec）在《空间物种》(*Espèces
d'espaces*)中引用，巴黎，伽利略出版社，1974，p. 26。

来说也是属于白日的。让我读一读《巴黎的夜晚》中的这段自白："晚上在床上 [……] 我继续读了一点纳瓦拉（*Navarre*）的最后一本书（这本要好于他的其他作品）和《M/S》（我会说'行吧……'）① ；但这些就像是职责所在，并且一旦我的债偿清了（分期付款的那种），我就合上书，带着欣慰之情回去读《墓畔回忆录》（*Mémoires d'outre-tombe*），回到真正的书。"真正的书！这是否是说，其他的书都是假的？因此，一头是人们施加的职责、限制（惩罚？），带有一丝优越感（是，是），每次小剂量的阅读（"分期付清"）。另一头是欢愉，一整晚的阅读，激情所在："在床上，不用强迫自己像苦役一样去阅读那些长而无聊的现代派作品，我立即开始重拾夏多布里昂。"

　　巴特自己写过一本"真正的书"吗？可能

---

① 《M/S》是一本赛伊出版社出的书，由巴特的朋友弗朗索瓦·瓦尔（François Wahl）推荐给他，后者极力称赞这本书。巴特给这本书下了"Ouais, ouais"（直译过来是"是，是"）的讽刺性评语，可以看出他对此书评价不高。译者注

这对他来说是一种许诺，是永远的下一本书。然
而，在写这样一本书有必要成为当务之急的时
候，他却以散文家的身份而活跃，写出大量值得
一提的作品。只是，这样的工作只能以重复的方
式被继续，就像他 1978 年在《有很长一段时间，
我早早就睡下》(*Longtemps, je me suis couché
de bonne heure*)<sup>①</sup> 一文中指出的那样：" [……] 我
想说，直到我死去，我都将围绕各种'主题'
继续写文章、开课程、做讲座，变的只有主
题，这是多小的变化啊! [……] 这种想法是残
酷的；因为它剥夺了我对所有新的改变的权利
[……]：每当我完成一个文本、一次讲座，我除
了重新开始另一个外再没有其他事可做。但果真
是另一个吗? 不，西绪福斯是不幸的，他的异化
不是因为工作的努力，甚至不是因为虚荣，而是

---

① 这本是巴特的演讲，被收入《语言的轻声细语》(*Le bruissement
de la langue*) 中，巴黎，赛伊出版社，1984。译者注：这句话也
是普鲁斯特《追忆似水年华》的首句，甚至被拿来代表整部作品。
1978 年罗兰·巴特在法兰西公学院 (Collège de France) 的讲座
本打算拿《普鲁斯特与我》(*Proust et moi*) 来做题目，最后选定
了这一句为题。

因为重复。"

　　但是，巴特不仅仅写了文章、开了课程、做了讲座。他在 1975 年发表了《罗兰·巴特论罗兰·巴特》（ *Roland Barthes par Roland Barthes* ）[①]，一本体裁不明确，或者说体裁尚未决定好的书。人们在这本书中读到："所有下述文字都应该被看作一个小说人物之言——更确切地说是多个人物。"在他的写作计划中，此时此刻他想写的，是一个叫《偶发事件》（微型篇幅的文字，文本褶皱[②]，俳句，符号，语义游戏，所有像树叶一样飘落的东西）的作品。但《偶发事件》已经于 1969 年被写过了（即使它直到 1987 年才被出版）。如何给它定性？要怎样它才能被放进小说体裁里？要注意的是，在巴特所做的描述里，"小说"一词并未被提及，《偶发事件》是由片段组成，由看起来没有联系的的小场景组成，除了发生的地点

---

[①] 中译本名《罗兰巴特自述》。译者注
[②] 指文本被折叠、邀请读者自行参与诠释与意义建构的部分。译者注

相同，即这些都发生在摩洛哥。

在每一个偶发事件的结尾，读者都自问：接下来会发生什么？这就是一个小场景：

> 火车餐吧的男侍者，在火车站下车采了一朵红色的天竺葵花，他任由用脏了的杯盏和餐巾散乱在一团糟的杂物堆放处，在杂物和咖啡机之间有一杯水，侍者将花放在了水中。

注意力被纯洁（天竺葵）与脏污（脏乱的堆杂物的地方，脏了的杯盏和餐巾）的对立吸引。最打动人的是吧台男侍者，他将花放在了一杯水中，而不是放在本应的花瓶中，那样就不会发生接下来的事了。条件有限，他在自己工作和生活的丑陋中引入了一丝诗意，一个温柔与梦的元素。在火车暂停的时间里，他看到了花丛，下车采了一朵，红色的。这一行动很给他加分并使他显得引人喜爱：一个这样做的人不会是个坏人，不是吗？

　　但除此之外人们对于他就不知道更多了，他和他的秘密一同消失了。但是，这一偶发事件可以轻易地发展为一篇情感小说的开头：花朵比喻一个女人、一段爱情。也可以是侦探小说的开头：这朵花，在这样一个火车站被采下，这是给一个在某个暗处藏身的观察者的一个讯号：一场戏剧正在酝酿中……

　　另一个微缩场景：

　　　　在摩洛哥的"小市集"广场（petit socco）①上，迎风扬起的蓝衬衫，一个身处混乱中的人，一个愤怒的男孩（这里是想说他有一切疯狂的特征），对着一个欧洲人做手势并破口大骂（回你的家去！）。他消失了。几秒以后，一阵

---

① 这一广场名，"petit"取自法语中的"小"，"socco"取自西班牙语中的"zoco"，即"souk"，"集市"之意。这一广场位于摩洛哥的丹吉尔（Dangier），曾是以毒品与性交易闻名的混杂之地。译者注

歌声宣布了一支出殡队伍的临近；送葬行列出现了。在所有（轮流接替的）抬棺人中，同一个男孩赫然在列，现在他沉静下来了。

　　这一场景中仍然保留了对立：疯狂／安静，混乱／秩序，本地人／外国（欧洲）人。我们永远也不会知道那个穿蓝衬衫的男孩是谁，不知道他排外的怒气从何而来，也不知道他与死者有什么关系。我们还不知道他接下来要做什么；鉴于他不过是"暂时的安静"，也许疯狂又将在葬礼之后重新主宰他。他不过允许自己在这一刻暂时休息，但他不会延误他对欧洲人的征伐。在做宣传的时候这不失为一个不错的小说主题。

　　但为什么说这是一部关于"偶然事件"的小说呢？在 1964 年，也就是写这本书的五年以前，罗兰·巴特在《F.B》中思考了这一问题，《F.B》是一篇关于一个年轻作家未出版的手稿的散文①。"每一篇文章",他这么观察到,"都是以小说的形式开始,每一个文本都是对小说的模仿"。F. B 的文本,他继续说道,并不构成一个"相连的作品"、一个"连续的作品",而是"断裂的作品",是一些"语言的碎片",同时"也是按照各个文本不同的方式创作的小说的碎片"。他将这些文本定性为偶发事件,按这样的方式描述了未来的岁月,他自己的书同样由幻想的碎片组成。如果任何逻辑性与时间性的联系都不能将这些碎片联系到一起,那么也许可以在其间发现主题上的联系:餐吧男侍者的红色天竺葵和马拉喀什集市上的乡野玫瑰是同一类的……

在某一时刻,要写一部小说的梦想就像一种迫切需要一样被巴特强加给自己,这种愿望强烈到几近痛苦。不是写一部传统小说,也不是写一部现代小说。就像他在《有很长一段时间,我早

---

① 也被收录在《语言的轻声细语》中。译者注:F.B 应为该作家名字的首字母缩写。根据《语言的轻声细语》中的注释,这位年轻作家之后应该没有继续其文学创作,他的文章也没有被出版过。

早就睡下》一文中对此做出的解释所说：他渴望写一部重振"一种混合形式"的小说，就像普鲁斯特的《追忆似水年华》那样，既是小说也是散文，或者两者都不是，总之，是"第三种形式"。这一计划与他想法中的"想要一种转变"相符，想要一种"新生"（vie nouvelle，指涉但丁），换言之，是对更新的双重愿望：书写真实的生活，体验真实生活。这一心愿写于1978年。巴特死于1980年。

对—话

## "离家出走，永远离家出走"

在被问到他以后想要从事什么职业时，阿卜杜勒凯比尔·哈蒂比（Abdelkebir Khatibi）的一个同班同学回答："成为法国人。"变身的梦想，本体论上的转变的梦想。还是个学生的哈蒂比则希望成为"客车司机"。很显然，这是种对优越的梦想，大客车的驾驶者，通常是个大块头，舒服地坐在车辆前头，是驾驶者、引导者、领头人……

但这两个答案交汇于离开的欲望、逃走的欲望，在自我逃避的同时也运送他人，到达另一种身份或者一个新的空间。一个人提议成为法国人，另一个则成为局外人。一个职业化但并不否

定自己出身的局外人："会出现这样的情况，我
自我介绍为摩洛哥人和职业的局外人。""奇怪的
职业！"他听他人这么说。让我们更明确一点，
这一职业完全不是天上掉馅饼，而要通过连续的
见习和艰苦劳动获得。从未被完成或者说最终确
立，就像哈蒂比强调的那样，他赞成看似是一种
否定或修正的看法："这并非一种职业。这是在
世间的一种移动的位置。人可以穿越各种边界：
不同语言间的边界，不同文明间的边界，不同交
易间的边界。有一天，人们会停下来思考。"一
切就像客车司机一样……另外，他承认："我相
信我按照一种流动性和多元化的趋势构建了自
我。"人如何能成为一个专职局外人呢？首先也
最重要的是去学校。首先，不可避免的是古兰经
学校，哈蒂比"在特定的一段时间里"总是出入
的地方。他不无苦涩地着重讲述了这一经历的
失败："当时人们要求我练习书法。[……] 本应
该帮助我增长学识的小黑板很长时间都保持空
白。""当时人们要求我"：来自导师的声音，不

具名的声音，男性的声音，既是个体又是群体的声音。但小黑板上始终没有出现任何字母，并一直保持着这样空白光洁、哑口无言的样子。然而，这是他第一次接触经典阿拉伯语这一学术的语言，也就是说他这是第一次接触文学。可以想见，当时这名学生排斥这门"书本的语言"，这门语言之后也不会成为他写作所用的语言，尽管他后来研究它并且从中吸取了养分，他一直对这门语言保持距离。

这为另一所教育机构教授一种新语言留出了位置。"我的父亲在1945年将我送去了穆斯林法文学校。"法语，一门同样极为书面化却被选中的语言，是求生木板，而且好极了的是，它不会一直是一块白板；哈蒂比喜欢这门语言，就像喜欢"一个美丽却危险的异国女人"。小学，像是小学教员组成的苏丹后宫，当然，她们是法国女性，且带有非凡的、天堂般的美丽："她们是我们学校里的后宫"，"大家幻想她们是穆斯林天堂美女"。女性魅力的语言，视觉情色的语言，也是阅读的语言："我成为三种语言的使用者，用法语阅读但不用它书写，零星写一些经典阿拉伯语，但在日常生活中讲方言。在这样的交错中，一致性和连续性何在呢？"对这一问题的思考是，一致性存在于被选中的语言中，在写作的单语主义之中：实际上是在用"外来"语言表达之时，就像雅克·德里达所注意到的那样，哈蒂比才会谈论"母语"，谈论阿拉伯方言和经典阿拉伯语[1]。

因此，对阅读、对文学的启蒙是在法语中进行，借由"选段"开始的。学生上的课是用这门语言教授，写作所用的语言也都是指定好了的。与课堂上学习的文章相呼应，作文是接触文学写作迈出的第一步。然而，它们的主题是以一种奇怪的事实为基础的："从选文的殿堂，即课本出发，产生了以下论述：我们在写的作文中谈论书本中所说的内容，从壁炉里燃烧的木材——

---

[1]《他者的单语主义》, *op. cit.,* p. 63。

它们被梅铎①聪明的目光注视着，一直谈论到白雪——当时我们还很难想象出雪是怎样的一种存在。梅铎用了一个阿拉伯名字做挡箭牌。这并不会改变我们的负罪感，我们那时以为自己是由书本以外的世界培育出来的孩子，是从无名的幻想中出生的孩子。这种负罪感随着一节课又一节课，消失于文字之后，小心地抹去了所有令人怀疑它存在过的痕迹。"

被抹去，不留痕迹地消失，这难道不正是哈蒂比的同学所梦想的"成为法国人"这一愿望吗？哈蒂比，他果真在后来弥补地阅读了阿拉伯文的文本，在一众文本之余尤其读了纪伯伦的作品，并且理所当然地开始涉猎带有他自己风格特色的主题，那些真正触及他内心的主题。但蓝图已经画好，未来要走的路，是要让选定的那门

---

① 阿里奥斯托（Arioste）的《疯狂的罗兰》（*Roland Furieux*）中的人物，哈蒂比小时候所上的学校应该节选了这一作品中关于梅铎（Médor）和安吉莉卡（Angélique）的片段作为课文，这里提到的是选段中的情节，后文中的雪也是原文选段中的用到的比喻，而摩洛哥孩子因为很少见到雪而难以想象。哈蒂比将其记入自传体小说《被纹上的记忆》中。**译者注**

语言对他来说不再是外语，最低程度是论说没有障碍。怎样的蓝图，怎样的命运：学生哈蒂比出发去了巴黎，好在索邦大学继续学业，在这一时期，其他那些接受了和哈蒂比所接受的完全不同的教育的人，他们前往开罗或大马士革，并梦想着以阿拉伯语写作。

不久之前，他改了名字，将围绕他个人的谜团复杂化，或者说丰富化了。"我的名字"——他在《誊抄者和他的影子》(Le scribe et son ombre)中这样写道——"仍然保持不变，但在1954年2月14日，我改了我的姓氏，新姓氏是由我的长兄选择的，在《民法典》创立之后、法国的保护国身份由官方宣告终结的两年前。这一改变对我使用法语有什么影响呢？"[1] 是他的长

---

[1] 他的名字"Abdelkebir"（阿卜杜勒凯比尔）不无顺从之意，这个名字指的是伊斯兰教中的大节，也就是献祭之节（译者注：即古尔邦节，此节是为纪念易卜拉欣献子，易卜拉欣对应亚伯拉罕），在阿卜杜勒凯比尔自己的书《被纹上的记忆》中他对他的名字有长篇的描述："生于'大节'(l'Aïd el Kébir)这一天，我的名字使人联想起一个千年的仪式，我也不时想象易卜拉欣割喉杀死自己的儿子的情景。"将自己看作易卜拉欣之子……

兄、他父亲的替代者，选择的这个新姓氏，这个让人联想到年少时订下的婚约和演说表演的姓氏。获得的姓氏，也是选定的姓氏，但他原先的姓氏是什么？这既没在《被纹上的记忆》（*La mémoire tatouée*）中出现，也没在《眷抄者和他的影子》中出现。值得注意的是，哈蒂比对他的新姓氏的涵义谈得相当谨慎而有限，但对自己名字的涵义却喋喋不休；这让人觉得，他新接受的洗礼对他的写作产生了一定影响。从 1954 年开始，他坐到了演说者、清真寺经坛、文学教授的席位上。他面向的是哪种听众呢？他的虚构作品，包括他的家族小说，是为谁写的呢？他又是为什么——令人害怕的问题——做这些呢？

应该对他的《被纹上的记忆》，以及，当然了，也对他在那之后的作品进行更深入细致的文本研究，以勾勒出他的受众的形象，或者他的读者们的形象。但在《眷抄者和他的影子》中，哈蒂比提供了一条第一眼看上去有些令人好奇的线索，是关于这本书的提议者的信息："我写这个

小册子是应一位好心的朋友之邀，他建议我向我
的读者分享自己的智识发展道路。我接受了，尽
管带着我一向的犹豫，而且这一类自画像总有碰
到诸多困难的风险。"

　　这位朋友仅被提到过这么一次，并且不过一
笔带过，但我们可以从中提炼出他形象的些许特
征。此人是法语区人士，了解哈蒂比的作品，是
哈蒂比忠实的读者，"好心"的读者（他关注哈
蒂比，关注他的兴趣）。但很显然，他不知道作
家思想历程的诸多方面，不然他为何要让哈蒂
比说一说这些呢？另一方面，他也为其他读者着
想，那些对哈蒂比的作品认知有限，但又需要被
照亮、被引领着，对哈蒂比进行更准确公允地阅
读的读者。这是哈蒂比的职责，去叙述他的历
程，去评论他的作品，去向读者介绍自己，以便
防止可能的断章取义或者有失偏颇的解读。还有
谁，能比哈蒂比自己更好地谈论哈蒂比呢？

　　如果没有这位好心的朋友把笔塞到他手里，
哈蒂比在没有外界指令逼迫的情况下是不会写这

本小册子的。通过这种方式（或者这是种修辞手法？），哈蒂比加入了一种延续了千年或几千年的传统。如果人对待写作如此犹豫，这是出于谦逊，也出于谨慎；当所涉及的，就像这里的情况一样，是自画像，犹豫就会更加强烈，因为人要做的是去交付自己内心的一部分，去袒露自己，是"我将心打开给人看……"

在哈蒂比智识历程的开始与结束，我们观察到确切存在着一种要求。人们想起了古兰经学校的失败经历："我被要求练习书法。"在《誊抄者和他的影子》中，相似的命令也出现了：写！

# 有关错误的喜剧

　　如果阿卜杜勒凯比尔·哈蒂比使用了错误的语言呢？不合乎常理的问题，也许也是咄咄逼人的问题，总之是个不讨人喜欢的问题。另外无论在怎样的情况下，人们是否有权利这么问？谁才有资格提这个问题呢？读者吗？一般来说，如今和以前一样，世界各地也都一样，读者忍不住以一种责备的口吻谈到这一问题，通常以一种被轻蔑或被鄙视的语言的名义。但作者呢？难道人们从未听过有人满是懊恼地宣称，他自己弄错了，他在选择写作语言时选取了错误的道路，他本应选择另一条？啊，如果他做了另一种选择，做出了正确的选择，他的命运就会走上另一条道路，他面对的公众、他的受众、他的作品同样也会不同！但他怎样才能做出更好的选择呢？如果写作中重新弄错了语言呢？古老的故事：在13世纪，伊本·曼祖尔①，一本著名字典的作者，指责他的同时代人被外国语言（a'jamiyya）诱惑，而忽视了阿拉伯语。接近同一时代，犹大-哈里斯②用希伯来文写出了《智慧书》（Tahkemoni）——一本"集会"之书（即玛卡梅体）——他在睡眠过程中听到一个声音，这个声音责备他之前远离了"神圣的语言"，他在这一经历后写了这本书，我们知道这是为了阿拉伯语的福祉。

选错语言，弄错地址，敲错了门；敲错的门打开后露出一张陌生的脸孔，取代了人们期待看到的那张熟悉的脸。在《双语爱情》（Amour

---

① 伊本·曼祖尔（Ibn Manzûr，1233—1311/1312），阿拉伯语的《阿拉伯词典》编纂者和《阿拉伯方言》的作者。编者注
② 耶胡达·阿尔哈里兹（Yehuda Alharizi），又名犹大·本·所罗门·哈里兹（Judah ben Solomon Harîzî）或哈里兹（al-Harîzî），是一位活跃在安达卢斯的翻译家、诗人和旅行家。编者注

*bilingue*）①中，我们在这里拿出来进行特别讨论的是，哈蒂比，在提到和一个法国女人的爱情关系时，写下了以下文字："他感到害怕。在书写的语言的选择上是否犯了错，在给她写信的时候？他别无选择。"没有选择的他除了用法语写作别无他法，除了用这个外国女人的语言写作外别无他法。我们简单提一句，这个表述其实相当含混：人会在没有选择的时候，会在没有其他任何可能性的情况下犯错的吗？在作家眼里，这个问题总是这样，以丧失告终的吗："是的，我的语言失去了我这个使用者。"仔细想来，这是双重的失败：一方面，母语造成了使用它的人的损失（但这是为什么？）；另一方面，语言本身带给使用者的贡献与帮助被剥夺了。

应该为此感到悲痛吗？也许不，因为毕竟，就像哈蒂比所说，失去也是一种收获："一个人

---

① 蒙彼利埃，法塔·莫迦拿出版社（Fata Morgana），1983；重版于卡萨布兰卡，埃蒂夫出版社（Ediff），1992。
该书讲述一个北非男人和一个法国女人之间的爱情故事。**编者注**

失去他的母语并非灾难；这有时甚至是一种赐福。"在他的情况里，用法语写作，也就是从他自身离开、摆脱了出来，并发现别的世界："东方——是啊！——它是我的故乡，而我却迷失方向前往其他大陆。"远离父权制的祖宅，迷失方向，并且，就像那些童话故事里写的一样，与父母失散。语言归根结底是家族小说①的问题，是有关丧失不断出现的主旋律："作为语言之子的我，失去了我的母亲；作为双重语言之子的我，失去了我的父亲，我的血统谱系。"家族谱系是具有偶然性的，叙述者哈蒂比赋予自己的地位就是自然之子，被接纳或者被收养的孩子，而非完全被承认的孩子："在外国语言中创造自己，在

---

① 这里的"家族小说"，以及后文提到的"被收养的孩子"、抽象的"父亲""母亲"等概念，都来自弗洛伊德的理论，可以参考其《神经官能症的家族小说》（*Le Roman familial des névrosés*）等文章，这一理论尤其对20世纪的文学及文学理论产生了巨大影响。简化地说，"家族小说"，又被译为"家庭罗曼史"，一般是生命早期的无意识幻想活动，孩子在幻想中分辨父亲与母亲的形象，由此实现俄狄浦斯情结，并幻想自己是"收养的孩子"，幻想的父亲是更高贵的国王等角色，投射自己对现世成功的渴望与雄心。**译者注**

外国语言中长大就像天生在那里长大的孩子中的一个——像一截新芽——这一成型的想法一直萦绕着他。"他甚至不能觉得——虽然那也不过是徒然的安慰——他是被从他的原生家庭中连根拔起、脱离了有根有据的正统地位：他的确用法语——（对他来说的）外语——写作；但阿拉伯语，不在场的语言，也并不就更不陌生："难道在母语中，我不是像一个被收养的孩子一样长大的吗？"对两种语言陌生，同时这两种语言也都是外语；既没有故土，也没有能被证实血缘的父母，他从未让对最终和解的期待生根发芽；作为一个浪子，他从不回到他的家乡，他是没有父系居所的人。他的情况和哈义·本·叶格赞很像，被瞪羚收养和养大的哈义·本·叶格赞，从某种角度看，是大地之子。哈蒂比的主角则宣称自己是语言之子，尽管我们并不知道他是哪一种语言之子："一次又一次被收养，我相信自己诞生于语言本身。"

在《双语爱情》中，情侣关系被贴上循环的迷途、不断重复的错误这样的标签："[……] 相互寻找，但每次又弄错伴侣。总是一对中差了一个，永远都是。"是在摩洛哥，在海边，在那儿展开了一生的故事；他的情人，一个法国女人，是一个"流亡的天使"，一个"堕落的天使"。从一开始便是错误决定了她的出生："在她还是个孩子时，她目睹了残忍的一幕。她的母亲问：'你为什么娶我？'——'这是个错误。'她的父亲干巴巴地回答。"被她父母否认的她，从头到尾一成不变地，在这部关于她的作品中说到她时，都既没有姓氏也没有名字。叙述者对此感到困扰："每当他柔情满溢，他都想要给这个女子取名。他是否隐隐约约地试图让这个女子失去她的名字呢？"她不了解他国家的语言，但这似乎并不会使他不高兴："她渴望这样的不可沟通。"然而，"当她 [……] 听到（叙述者）说阿拉伯语时，她感到自己被排斥在外了"。她和他用法语交谈，但最后，叙述者评论，"将我们联系在一起的是一种非同寻常的翻译"。

还有一种极端的嫉妒，语言多少在其中起了明确作用："我是，"他说，"两种语言的中间地带：我越是往两者中间走，我越是疏远两者。"这也有点像贾希兹在《动物之书》里对双语使用者所持有的看法（该作者有必要在一本关于动物、非双语并且无模仿能力的生物的书里明确谈一下双语主义）。既然双语使用者，就像贾希兹说的一样，如同重婚者：两种语言都是他的妻子，她们在他家中打响无情的战争，并且，无论他做出诸多努力，他也无法使她们双方都满意。

在一次采访中，哈蒂比宣称他了解六种语言！但什么才叫了解一门语言？这由人准备拿语言做什么来决定；对一个作家来说，重要的是他怎么使用外语的词汇、表达、句子表达、文化典故。六种语言……比一般意义的多个还多！① 在《双语爱情》中，除了法语这一具有主权地位的

---

① 原文字面直译是"比四还多"，四一般是表示"一些"、"多个"的虚词。译者注

语言以外，我们还能发现踪迹的语言有阿拉伯语（"阿拉伯词汇'kalma'以及意思相同的书面表达'kalima'"），瑞典语（"*jag har into glömt*"，意思大概是"我忘记了音调"），西班牙语（引用了一首卡斯蒂亚语的歌谣），最后是英语，由一首歌的标题引入，"*False start*"（意为"错误的开始"，仍然是以错误为主题）。五种语言，繁多的表达堪称"美女如云"，构成复调的后宫。以下并非一个简单的比喻："我悄悄对自己说[……]：我必须要抓一把女人在手里；如果我失去了其中一个，总还有其他……"

无法回避的问题："会让她们都满意吗？啊，那正是我所希望的，我对此心花怒放。"但他做不到，他无法做到公平，他必然会偏爱这门或那门语言，偏爱这个或那个女人。况且《古兰经》也肯定了这一点："你们永远不能同等对待所有女人，尽管你们是如此热切地希望做到。"（《古兰经》第四章，第129节，参照卡兹米尔斯基[Kasimirski] 的法语译本）

不管怎样，这对双语情侣分手了。女方"突然恢复了她的姓氏、她被改了的名字。[……] 她对自己的名字说'是'了"。这个女子浪子回头，恢复了与她曾经拒绝并舍弃的名字的关系，且与自己的名字重修旧好。叙述者也是一样，他也实现了某种意义上的回归："当然，我错了太多[……] 犯了一个又一个错误，我终于以找到自己的道路告终。"真的吗？在某些版本中，尤利西斯，自回到伊萨卡之后，只梦想着再次出发开始第二次奥德赛①……错误的语言、错误的名字、错误的伴侣，这些都多么像《双语爱情》中的规则啊！生活在错误中，感情混乱，很显然，既没有办法申诉，也没有得到救赎的希望。

---

① 参见艾万吉利亚·斯蒂德（Évanghélia Stead）所编，《第二次奥德赛：从丁尼生到博尔赫斯的尤利西斯》(*Seconde odyssée. Ulysse de tennyson à borges*)，格勒诺布尔，杰罗姆·米隆出版社（Jérôme Millon），2009。

# 以风为履的人

埃德蒙·阿姆兰·埃尔·马勒①的小说《千年，一日》(*Mille ans，un jour*)②可以被当成对游牧生活的赞歌、对脆弱性与轻盈的赞美来读。内西姆（Nessim），小说的主人公，"走路的步伐像歌一样"。没有什么比新的皮鞋更令他不快了，它们会折磨他的脚，让他的步态不再那么轻

---

① 埃德蒙·阿姆兰·埃尔·马勒（Edmond Amran El Maleh，1917—2010），摩洛哥作家。1965 年，他移居巴黎，在那里担任记者和哲学教师。他直到 1980 年才开始写作，时年 63 岁，他说，尽管他在法国待了很长时间，但他的整个文学生涯都献给了摩洛哥。埃尔·马勒是一名反犹太复国主义者，并宣称他的父亲曾教导他犹太复国主义与犹太教无关，犹太人对巴勒斯坦人的所作所为违背了犹太信仰的原则。编者注
② 格勒诺布尔，野性思维出版社（La pensée sauvage），1986。

盈优美。此外，他的命运被提炼出来，封印在他的名字里。他的名字内西姆，同时也意味着轻风吹拂，生的气息。[①] 如果说脚是被压缩在皮鞋中，那么记忆，就被囚禁在一个香柏木的盒子里，其中叠放着内西姆祖父的信件。当内西姆打开盒子，开始读信的时候，回忆便产生了，涌现了，像蜜蜂一样在他耳边嗡嗡作响。种种回忆：个人的回忆，家庭的回忆，一个城市的回忆（即索维拉城，Essaouira），人民的回忆，一个国家的回忆（即日落之国摩洛哥）。从被埋藏在盒子里的旧手稿被展开的那一刻起，过去的帷幕被揭开。字母表中的字母摇动，唤醒了沉睡了的、褪了色的、黯淡的闪着光的旧日图景："每一个从虚无中突然跃出的字母，都像新星一样闪耀。"

和那个盒子一样，这本书也是具有二重性的物体。当它合着时，它将生命禁锢其中、压缩其间；当它打开后，它将生命释放出来，使一切获

---

① Nessim : léger souffle de vent, souffle de vie. 译者注

得生之气息。这本书确确实实映射了生活，而生活又反过来模仿书："马吉德（Majid）所读的政治内容从这些书中逃逸出来，在街头巷尾获得了实体生命。"在书刚开头的时候，生命不过是文学。

皮鞋、盒子、书都并非没有相似之物，在埃尔·马勒的小说里，它们由威尼斯之镜投射出的倒影出现在半明半暗中、被封禁在凝滞的水面里，被俘虏于夜晚的宁静中。但是那镜面、那凝滞的静水不能满足内西姆，他的追寻像翻腾激烈的海水那样，他永远都无法从其中解脱，终其一生都无法解脱。生命呈现出的图景俨然海水的动荡，过去纷乱的碎片则和波涛一般多，和"从地平线上奔驰而来的骏马"一样多。书写，小说写作，顺应这海洋永恒的波动。水，又是流逝的时间的化身……

漂泊仅因短暂的歇脚而中断。在历史的必然性——《千年，一日》这一令人生畏的存在中，远方令人无法抵抗的魅力，与塞壬的呼唤混在了一起。"内西姆 [……] 本人是旅人、迁徙者种族中的一员，这个群体在众人的惊讶之中，从日落的王国出走，从这个人们口中封闭在自己的不开化中、被遗忘在时间的黑夜中的马格里布的尽头出走。"对尤利西斯的参照是明确的，不管是荷马的尤利西斯，还是乔伊斯的尤利西斯（就像乔伊斯笔下的利奥波德·布卢姆一样，内西姆一天之内就经历了千年、万年）。特洛伊战争在黎巴嫩战争中重现，但比由诸神与英雄史诗气息所创造的前者更疯狂，更缺乏合理性，也更缺乏荣耀。小说以萨布拉-夏蒂拉大屠杀（massacre de Sabra et Chatila）为主旋律，从头到尾都清楚彰显着暴力和人的疯狂。

要当尤利西斯远离伊萨克的时候，他才离它最近。背井离乡，尽管会历经患难，也不能使内西姆摆脱他深刻的内在，只会正相反："远离每次都使他离自己最深的内心更进。"但他对世界的感觉因为这一事实而模糊："世事在他眼里既熟悉又遥远，同样也陌生。"

陌生感主要体现在他与某种语言、与众语

言的关系上。语言有一种可怕的力量，内西姆知道，"他几近迷信地注意着永不命名那些城市，那些他所逗留过的地方，因为他怀疑，因为他已经感受过了，生与死的力量附在名字上、词语上"。这就是为什么，他"注意他口音的纯洁性到了疯魔的程度，他避免模仿巴黎口音，不要像他无数想要全力显得法国化的朋友亲人那样"。失去自己的语言、失去自己的灵魂、失去其"家庭阴影"的人是不幸的。

在《千年，一日》中，一张意义的网重新连结起语言与奶水、与食物的关系："孩子将永远闭上嘴，乳房哺育他以梦与奶。"这并非偶然，因为只有在阿拉伯语中，"神秘字母被包裹于单纯词汇的外壳下"，人才会被唤起对食物的记忆，像 "zafrane, kamoun, karouya, ibzar, debana, gouza, gouza sahraouia, kharkoum, felfela, soudania, skingbir, madnouss, kasbour……"①

---

① 这些词汇都是具有阿拉伯特色的食物名称，中文分别对应藏红花、孜然、葛缕子、黑胡椒、芜菁制成的香料、肉豆蔻子、几内亚胡椒、姜黄、辣椒、红辣椒、生姜、香芹、芫荽……译者注

## 忽略暗示法

在《给我自己的信》[①]中，埃德蒙·阿姆兰·埃尔·马勒采用了第三人称的口吻说话。这并不新鲜：尤利乌斯·恺撒（Jules César）在《高卢战记》（*La Guerre des Gaules*）中就这样用过了。但尤利乌斯·恺撒并未放弃自己的名字，而埃尔·马勒给自己取了另一个名字，伊索·依姆佐根（Isso Imzoghen），以及另一个更晦涩的，阿卜·伊姆拉内（Abou Imrane）。

为什么要以第三人称谈自己呢？为什么不

---

① 卡萨布兰卡，勒费内克出版社（Le Fennec），2010。

用第一人称，更简单、更直接，也许也更自然的第一人称？"奇异的是"——他写道——"你每次觉得有话对自己说的时候，你都会做出这种将自己撤出来的行为。"羞耻，讨巧，想让自己变得有趣，让自己与众不同？或者更多是出于自我保护的需要？最后这个假设看上去最为可信："[……] 我时常感觉自己在面对审查，感觉自己可能做错了，这种感觉让我强迫自己自我审视。"

一种暗中的不安伴随着写作的行为，是镜子这一带有魔力的物品引发的这种不安。埃尔·马勒引用了卡洛斯·富恩特斯（Carlos Fuentes）来影射这一事实，后者提到一个老人，有人递给他一面镜子："[……] 他几乎看到自己摔下来，当场毙命。致命的镜子！"杀人的镜子，读过莫泊桑（Maupassant）的《奥尔拉》（Le Horla）的人对此就不会陌生。同样需要避免的是看自己水中、镜面里的倒影，也就是谈到自己时保持克制，至少避免直接谈自己。难道不正是由于这个原因，很多作家才借助第三人称，或者借用一个名字逃遁吗？让我们回想一下《罗兰·巴特论罗兰·巴特》开头的说明："所有下述文字都应该被看作一个小说人物之言。"

所有这些省略显得好像谈论自己是被禁止的，就好像谈论自己就凸显出一种无法被容忍的表现癖，并且这些省略仿佛通过选择第三人称，或者在富有魔力的"小说"一词的掩护下，作者就能减轻笼罩于自述这一行为上的嫌疑。作者们于是发现自己处于一种模棱两可的情况之中：我自述又不自述，更准确地说，我自述的同时宣称我不描述自己。这在修辞中有一个称呼：忽略暗示法。

这种修辞贯穿了埃尔·马勒的整本书。这种修辞在那么多页中发挥了作用，使用这种手法的方式又是多么狡黠呀！从自身逃离的同时又在自身内在选择居所，这是《给我自己的信》经过深思熟虑选定的主题。从国家流亡，从"我"中流亡，从姓名中流亡。但奇怪的是，流亡者同样也努力将其他人驱逐出境，同样剥夺他们的身份和名字。书中提到的空间和人都遭受着这种异化，如果人们对着小说文本按图索骥的话，永远也不会知道埃尔·马勒在流亡到巴黎时到底在哪所学校教书（是埃尔·马勒，或者是伊索·依姆佐根，还是阿卜·伊姆拉内……），也不会知道曾是哲学家阿兰[①]学生的校长叫什么名字……所幸他至少在一点上明确了，让我们知道这一切发生在巴黎！

除了忽略暗示法，埃尔·马勒也使用了其他手法：他用名字的首字母缩写来代替名字。他就这样目睹了让-保罗·萨特（J.-P. Sartre）经过，"他一路小跑，挽着 B.V. 女士，而非负有盛名的海狸"。海狸是西蒙娜·德·波伏娃（Simone de Beauvoir），但 B.V. 是谁？为什么对这样一个所有对萨特感兴趣的人都理应知道的名字如此慎重？更有甚者，在有些情况下这种审慎变得有些

---

[①] Alain，即埃米尔-奥古斯特·沙尔捷（Émile-Auguste Chartier）。译者注

让人恼火，那就是埃尔·马勒在没有任何理由保持神秘的情况下依旧使用首字母缩写。比如说一场在蒙帕纳斯公墓的葬礼；除了地点以外，时间也被指明了：1984 年；第一排吊唁的人群中，有密特朗总统夫妇，所以是一个官方葬礼，但谁去世了呢？J. P.。谁是 J. P.？埃尔·马勒似乎在说，你们自己去找吧……但真的有这个必要吗？似乎有吧，既然我至今仍然在寻找这个人的身份的话……

## "像鹅卵石般平滑的面庞"

我们先用煤油炉，后来用煤气炉，通过它们我们节省了时间，但我们也丢失了一样珍贵的东西：用炭火烹制食物的味道。"塔基纳烩菜"（tajine，是北非一种陶土烧制的锥形炊具，也是用这种炊具烹调的烩菜名）和茶，在过去都有一种特殊的、不同的味道。除了炊具和取暖设备，木炭还有另一个用途，虽然是次等的、不被承认的用途：用于作画或书写。确是如此，在麦地那的街道上，小男孩不厌地用一小块木炭在石灰墙上涂画；他们就这样用一条黑线留下自己曾来过的痕迹，顺着他们的行走和幻想的路径。

在看到阿卜邓比·埃尔·阿米纳·德姆那蒂（Abdenbi el Amine Demnati）的画作《儿童游戏》（*Jeux d'enfants*）时，这样的回忆袭上心头：一条小巷中有三个女孩玩一个白铁盒；一面墙上留着用右手画的赭色痕迹，还有弹珠留下的同色印迹，以及更稀微可见的，两个小孩随便画出的两道黑线（或者只有一个小孩，由他一来一回画就的）。两条线，两条路径，两个平行的空想，但却多次交汇在一起。

《透明》（*Transparences*）[①] 这本书就是这样，是一位画家和一位艺术评论家一起合作的成果。米歇尔·布瓦尔美丽的文字伴随着德姆那蒂的图画，因为他对后者精妙的把握，他的说明就图画的技巧、主题、叙述方面和美学层面进行了阐释。他既是合谋者，也稍微往后退了一步（幽默使然），他通过出乎人意料的结合揭示了一个作

---

[①] 米歇尔·布瓦尔（Michel Bouvard），《透明/德姆那蒂》（*Transparences/ Demnati*），图尔宽，印刷港出版公司（presses de l'imprimerie portaprint），2000。

品的同一性与严密协调性，同时保持了他的那份
神秘感。

在德姆那蒂的画中存在着一种乡愁；无论如
何，我在他的众多作品中感受到了，比如在《弹
珠》（Les billes）等画中。但过去的弹珠去哪儿
了呢？以及在庆祝宰羊的古尔邦节的时代所玩
的羊拐骨呢？还有陀螺呢，我们带着欢愉与焦虑
混杂在一起的心情，用手心里的鞭子抽动它在
地上转的陀螺？诚然，在德姆那蒂的画中没有
陀螺，但让我们端详题名为"蝴蝶"的系列画
吧：这些东奔西跑的王朝侍从，像旋转的苦行僧
一样轻盈灵活①，他们难道不也是陀螺吗？除非
我们更愿意在他们身上看到精灵、火焰与火的语
言……此外，任何状态下的火以及它的所有附属
之物，马格里布地区烧木炭的小陶土炉子"卡农"
（canoun）、烤炉、风箱、水壶、喷出的束束火

---

① 因为苏菲派的修行者会不断旋转以出神来接近上帝，这种仪
式被称为"旋转舞"（samā'），这些修士也被称为"德尔维希"
（derviche）。译者注

花，都是德姆那蒂宇宙里重要的组成部分。

如果"蝴蝶"有腿的话，它们便没有面孔。他画的所有的面孔，是和其他大多数人一样的面孔，"平滑得像鹅卵石一样的面孔"。这一情况发展到极限，便是这些人被缩减为穿着鞋子的脚，如果人们在这些人中遇到一位擦皮鞋的（而他穿着草底帆布鞋！），这并非巧合。暴力与统治的愿望由拖鞋与皮鞋象征，这些压在路上的鞋，也随时准备好在经过时压碎一切。《被压碎的灵魂》(*Écrasement de l'âme*) 中的女人也不能幸免：她坐在地上，这位兜售饼干的女人被既"传统"又"现代"的鞋围住，毫无疑问，这些富于男性气概的鞋越走越近，只为无情地从她身上踏过。这幅画胜于这么一大通赘言，它揭露了女性境况中戏剧性的一幕。这个坐着的、背依然挺直的女人，将永远萦绕在我们脑海中。

她蒙着面纱，我们无法看到她的脸、她的眼睛。我们也看不到女灵媒的脸和眼睛，那些失明的女通灵者通过触摸牌面预见未来。自忒瑞西阿斯（Tirésias）以来——需要我提醒这一点吗？——失明便是洞察力的必要条件。但再一次回到刚才的话题，如何解释德姆那蒂笔下的人物，无论男女，也许除了少数几个特例之外，都没有脸呢？这一点够令人困惑的了。但在我看来，这一美学上的选择是由一种明确的社会现实衍生出来的，由一种相当决定性的历史状况分流出来的。面孔意味着每个人的独特性，自主性和个人性，简言之，正如一位人类学家所言，意味着对"自我"的肯定和与作为"他者的我们"之间的差异。[①] 不过，我们的文化是否真的追求让个体更有价值呢？它难道不是更偏向对集体的归属感、对社群的依附，以及父系的连带关系吗？在马格里布，应该说，个人和普遍意义上的现代性都是一个美丽的、还未被实现的承诺。德姆那蒂笔下人物群居的天性由他们极少单独出现证

---

① 见大卫·勒·布勒东（David Le Breton），《面孔》（Des visages），巴黎，梅达耶出版社（Métaillé），1992，p. 52。

明；最经常的是，这些人成群结队，模糊的个体挤作一团，交织混杂在一起。

　　极其令人疑惑的是，面包却是有脸孔的。面包这一形象，与篮子、筛子、茶盘、"卡农"炉一样，都是德姆那蒂酷爱描绘的形象——米歇尔·布瓦尔恰到好处地指出——这出于德姆那蒂对弧线、对圆润的形状、对圆形的偏爱。然而，尽管这些形象由相同的要素构成，每个家庭的面包也都不相同，色泽、质地，甚至口味都不同。但在我看来一向显得神奇的，是炉子的主人能认出每个家庭的面包而从不犯错。他是怎么做到的？应该是有一些标记，但这对我来说一直是个谜。德姆那蒂的情况也是一样：他的每一幅画，都可通过一种明显的相似性被辨认出它与其他幅之间的联系，但每一幅都有一张独一无二、不可替代的脸。

# 梅德布和他的一众分身

　　波德莱尔的诗句"我的记忆，比我如果活了一千岁所能有的还要多"（J'ai plus de souvenirs que si j'avais mille ans）[1]可以作为阿卜杜勒瓦哈卜·梅德布（Abdelwahab Meddeb）《幻想曲》（*Phantasia*）[2]的题铭。这本书所记叙的，是在巴黎蜿蜒小道上的闲逛，也是在承载了过多图像和文学参照的记忆迷宫里的漫步。主人公同时也是叙述者，他虽年轻，但已是一个看起来与人类

---

① 出自《恶之花》（*Les fleurs du mal*），"忧郁与理想"（Spleen et ideal）章中的《忧郁》（*Spleen*）一诗。张秋红译为"我有比我好像活了一千岁还要多的记忆"。**译者注**

② 巴黎，辛巴达出版社（Sindbad），1986。

同岁的老人："在一个变化的世界，我自觉老了。"
这特别漫长的寿命是许多人生、无数生命、不同
身份的叠加。这个年轻的老人"相信自己是一个
归来的游魂"，是一个身后拖着数不清前世的"幽
灵"；他妄想使这些前世摆脱遗忘，妄想将它们
重新拼合完整，妄想自己能通过前世重归完满，
作为既是"世界性的骚动"，又是"通过他者的
考验回归自己"的结果。

　　这一任务并不容易；它需要持续不断的阐释
工作。事物实际上都是符号，像漫漶的象形文
字，其意义已不可考："世界是一本书。成为它
的读者吧，解读这本书，就像我们破译梦境一样
吧。"作为梦境的主旋律的陌生感，同样也伴随
着他笔下种种探险的主人公。比方说，巴黎的景
致与对许多神秘伟大人物的回忆混杂在一起，像
是拉比雅·巴斯礼（Rabî'a al'Adawiyya）、哈拉
智（Hallâj）和伊本·阿拉比（Ibn 'Arabî）。书
中还援引了很多画作与雕塑，在书中诸多地方被
评论以及再创造。这产生了一系列出乎意料的比

较：阿布·努瓦斯（Abû Nuwâs）的一首诗《浴
女》（*Baigneuse*），就这样和普里马蒂乔①的《达
那厄》（*Danaé*）相提并论！还是这位阿布·努
瓦斯，小说中一个酒神式的、情色的场景，是
以对他另一首诗的重塑的形式出现的。再创造、
重复与革新，都是建立在翻译的基础上的："已
经在另一种语言中被表达过的事物，必定要重
获新生。"

　　"原生的土壤"（指突尼斯）被观察，"带
着距离和外来者的清醒"。流亡，被置于以实玛
利的符号之下（"以实玛利与其母夏甲一起被驱
逐"），贯穿整本书首尾；无论他走到哪里，流亡
者总是被他的分身、他的影子陪伴着，这一分身
根据一种原始信仰的说法，是灵魂本身，是生的
保证。失去自己的影子就等同于死亡（我们列举
这些中午躲在家里的人的情况，因为他们在此时
没有影子）;《幻想曲》一书中对这一主题频繁的

---

① 弗朗切斯科·普里马蒂乔（Francesce Primatice），意大利画家、
雕塑家。编者注

提及与强调，开始于影子的不忠："在一面镜子中，我在一张惨白的脸孔中认出了自己。"镜子并未反映主人公熟悉的自己的形象；更为明显的情况是，自助照相亭揭露出人品格中可怖的一面，呈现出的形象是一个堕落的"我"，处于一个杀人犯的状态，或是一个危险的被通缉的疯子状态的"我"。

双语主义是双重思想最激烈尖锐的表征，并且在这一点上，"蛇"这一意象出现在梅德布的小说中并非无关紧要。据贾希兹所说，蛇被赋予特别长的寿命，它占据其他动物的巢穴、蜕皮，此外，它的舌头是分叉的。最后这一特点实际上是它所受的惩罚，因为它引诱了亚当和夏娃。那么双语主义会不会也是一种诅咒呢？那么巴别塔的神话，根据梅德布所说，这一"讲述了语言是如何被增多，只是为了分裂人类，煽动他们自己反动自己"的神话，又怎么说？然而，通过他所谓的"双重谱系"，双语使用者表现得像不同文化间的调解人；其斡旋使得对话变得可能，以及使得有益的交汇、充满了多种可能性的交汇变得可能。双语使用者难道不是"被训练来团结敌对者"的吗？就像这样，所谓"矛盾修辞法"不是两种相反的涵义的叠加，它是一种闻所未闻的综合体，从中释放出了新的内涵。

使得梅德布的书异常丰富的是，将阿拉伯文化与其他一系列文化一同纳入视野：中国文化、巴比伦文化、苏美尔文化、非洲文化、法老文化、日本文化……在我的认知中，在我们用所说的法文表述的马格里布文学领域中，他是第一位超越文化差异这一陈旧主题，做出这样大胆而解放性的尝试的人。他的"普世之梦"是对阿拉伯人做出的号召，号召他们超越"对古典主义已经实现的综合成果的无知"。梅德布就像这样，与贾希兹、塔维蒂①、加札利以及阿威罗伊的深刻影响重新建立了联系。他惊叹于多样且意外的交汇，惊叹于"十字路口"这一隐喻，就像他提

---

① 塔维蒂（Tawhîdî，约930—1023），阿拉伯哲学家、散文家，被认为是古典阿拉伯语伟大的散文作家之一。编者注

到的"世界的交汇点"："在人声鼎沸的巴黎，在一小块被圈起来的墓地的一端，为了纪念一个过早死去的妙龄俄罗斯女人，建有一座由一位罗马尼亚流亡者所雕的雕像 [1]，[他的] 阿拉伯之眼能在这座雕像上，在一则古老的希腊神话传说的灵感中，辨识出其中蕴涵的非洲之美。"

---

[1] 此处指巴黎蒙巴纳斯公墓（Climetière du Montparnasse）中乌克兰姑娘达佳娜·拉切维斯卡亚（Datiana Rachewskaia）的墓碑上的雕塑《吻》（*Le Baiser*），由年轻时的康斯当丁·布朗库西（Constantin Brâcusi）创作。编者注

# 对游戏的遗忘

　　"我是在神的臂弯中长大的。"[①] 荷尔德林
这句美妙的诗句可以作为穆罕默德·贝拉达
（Mohamed Berrada）的小说《遗忘的游戏》（*Le
Jeu de l'oubli*）[②] 的题铭。至少这句话可以简要地
概括主人公哈蒂（Hadi）的童年，"一个被宠坏
的、任性的孩子"，被一位深爱他的母亲和一位
极富感情的叔叔养大。他的名字哈蒂的含义可以
说明问题：这个名字注定了它的持有者将是领导

---

① *Im arme der götter wuchs ich groß.*
② 由阿卜德拉蒂夫·古维尔戛特（Abdellatif Ghouirgate）与伊夫·贡
扎雷茨-基加诺（Yves Gonzalez-Quijano）自阿拉伯语译为法语，
巴萨布兰卡，埃蒂夫出版社，1993。阿拉伯版于 1987 年出版。

者，这个名字指定它的所有人位于领头的位置，并且指定他成为一个为他人指明出路的人（更不必说"Hadi"这个名字还与"Madhi"相似，后者意味着"重生者"、"救世者"）。人们不会想象出一个书中主人公兄弟的名字叫"塔耶阿"（Tayéa），意思是"服从者"、"屈从的人"，人们想都不会这么想。

父亲在这本小说中并不扮演重要角色；他在哈蒂还很小的时候就去世了。他的父亲是缺席的，其形象被缩减为关于他的说法；儿子了解他只通过道听途说。不知其名的父亲：他在书中不拥有名字，不拥有姓氏，这既有些奇怪，也有些令人不安（父亲的姓名，"不上当者犯错"①！）父亲最终被削减为只承担生理职责的父亲；此外他只在很少的情况下被提及，似乎也没有人对此

---

① 法语中"不上当者犯错"（Le non-dupe erre）这句话与"父亲的姓名"（Le nom du père）读音一样，另外"erre"也有"推力消失后仍继续惯性向前"的意思。拉康在其 1973 至 1974 年间的研讨会上专门讨论过这一问题，错误取代了父亲的名字。另外，愿意被愚弄，也是拉康在这一研讨会上得出的结论。可以参考拉康研讨会记录：*Les non-dupes errent*（1973—1974）。**译者注**

觉得遗憾："无视父亲并不会造成任何损失。人完全可以在父亲缺席的情况下诞生，或者随意臆造一个父亲，好让人安心。"

被忽视的、不被了解的、疏远的、被遗忘的父亲；然而，这甚至才是父亲令人感兴趣的原因。一个人物的重要性不由其出场次数衡量；对于提及这一对象如此谨慎，本身可能就说明了什么、揭示了什么。我们会注意到哈蒂埋葬了所有他珍视的存在，他的母亲、舅舅，以及舅舅的第一任妻子。但他没有埋葬、也不能埋葬他的父亲；同样，父亲的幽灵，一个不确定的、羞怯的、痛苦的幽灵持续浮现。如果父亲的形象好似幽灵，那也是因为他的死亡是在缄默中发生的：没有任何记叙承担描绘他死亡的任务，没有任何叙述让他的死亡变成确定的、令人平静和安慰的场景。

如果说父亲没有留下姓氏（他的孩子在书中唯余名字），他遗留的微薄财产倒让他的家庭勉强不好不坏地维持下去。他还留下了遗愿

（*wasiyya*），即一份精神遗嘱：他建议哈蒂去卡
鲁因大学（Université al-qarawiyyîn）上学。
所以说，他试图安排他儿子的未来：他的儿子
注定要成为一个伊斯兰教学者"乌理玛"（*'âlim*），
一位饱学之士，一位旧学问的守卫者，换言之，
一个"*râwî*"①，也就是一个传递者，一个转述传
统的人（在当时的时代，卡鲁因大学主要培养
这一类的学者）。但父亲的遗嘱会被背叛；儿子
并没有遵守父亲的心愿（也没有遵守母亲的）；
他甚至成了父亲期待他成为的人的反面。

　　这一与过去的断裂从童年时代就出现了，并
且首先是在身体外貌上的，更确切地说是关于头
部，关于主宰的头领的（想想主角的名字叫什么
吧）。哈蒂任由他的头发长长，按着欧洲的样式
梳头；这是一种自恋行为，一种诱惑的手段，也
是，并且首先是一种反叛的行为，一种对个体
的确认，在只能容忍剃过的头的环境中进行的头

---

① 是一个阿拉伯语词汇，意为阿拉伯诗歌的朗诵者和传播者。编
者注

的游行示威。在身体现代化之前，当时的现代主义者先重塑了他们的头；尽管仍然穿着杰拉巴长袍（他们最后也会以摆脱长袍告终），他们展示他们欧洲式长而密的卷发。他们就此摆脱了种族特色的头型，摆脱了头巾和土耳其帽，例外的是"民族主义"小帽，他们在公开场合戴这种小帽，以示对放逐合法苏丹的反对。稍迟些时候，女性会取下面纱，将脸解放出来。

死去的父亲在《遗忘的游戏》中有诸多替代者。首先是小学校长：这个人戴着"厚镜片眼镜"，是"他永无止境的审查"的象征，他不过是一个次要人物；有整整一页来写他，但即使在那儿也要保持警惕：这是一个民族主义者，以及——相当革新性的是，他允许学生去玩。在这两个特点之间有一个一致之处：我们一般认为国家的解放应该，根据这位小学校长的说法，以孩子的解放、以孩子身体的解放为前提。此外，孩子地位的提升还由装置斜面课桌为标志，就像欧洲一样；孩子们不再像在"msid"，也就是传统古兰经学校中那样，席地而坐，坐在席子上。另外值得我们注意的是他们玩球，这需要他们分为两队，这是一种竞争，一种冲突形式；对于他们来说，这是一种模仿、表现独立抗争的方式。

父亲的其他替代者：他的舅舅塔伊布（Tayyib）。只是，塔伊布是如此的"好"（这是他的名字的意思），以至于他很难被看作父亲的化身；他不具有一般父亲被赋予的特点：支配、严厉、惩罚的威胁。他具有很明显的母性特点，他似乎更应该是迦利亚（Lalla Ghalia）的替代者。另外，当她与其女儿女婿一起住在拉巴特的时候，哈蒂主要住在非斯（Fès），在他舅舅身旁。要注意，在这本小说中，生活在大家族中的女性角色人数众多。哈蒂可以在《鸽子的项圈》中引用科尔多瓦的伊本·哈兹姆的话："很长一段时间以来，我是女性的见证者，我从她们的秘密中学到的东西比在任何其他地方都多。是她们养育了我，我在她们怀中接受教育，在她们手中长大。"①

　　只有在拉巴特，一切才有所改变。哈蒂在这时进入了他的"历史性"时期。在经历过神话般的女性世界后，是实实在在的男性世界。在这时，父亲以他的连襟斯·卜拉欣（Si Brahim）的身份重现（应该仔细地考量对亚伯拉罕式易卜拉欣这个名字的指涉），他是"智性、理性、虔敬、严肃和持续工作的化身"。无论如何，斯·卜拉欣都像亚伯拉罕一样是一个牺牲者：他想要献祭的，是哈蒂和他的弟兄，是一个有趣的人（这一点上他与小学校长不同）。现在得放弃游戏了。然而这种游戏仍在进行着，只不过改到外面、在暗中进行，它变调了：它是一种暴力的游戏，街头的斗殴，是示威和暴力冲突的前奏，而将必然令整个城市震动。

　　如果小说以对母亲的回忆开头和结尾，这并

① 由加布里埃尔·马蒂内兹–葛洛（Gabriel Martinez-Gros）从阿拉伯语译为法语，译名为《爱情与情人》（De L'amour et des amants），巴黎，辛巴达出版社，1992，p. 98。

非偶然。母亲是生命的源头，也是写作的源头。人们熟悉《古兰经》中的指令："读吧，以创造一切的主之名；/他曾以凝结的血创造人。/读吧，因为你的主是最为慈悲者。/他教会了你羽毛笔的用法。"（《古兰经》，XCVI，1—4）这些经文巧妙地将受胎、孕育与阅读、书写联系起来；个体的诞生显得与文本的产生密不可分。

拉巴特·哈蒂读小说，而在非斯，他只听故事。他阅读卡米尔·凯拉尼①、塔哈·侯赛因②和阿尔封斯·都德。他也写作，更确切的说他尝试写作；他也确实被她母亲指派给他舅舅写信。写吧，她对他说。这是个命令，一项他毫无逃避可能的指令（就像《古兰经》中的"读吧"一样）。"给你舅舅写一封信，好在此圣月之际，为他送

---

① 卡米尔·凯拉尼（Kâmil Kîlâni, 1897—1959）埃及儿童作家和翻译家，被认为是阿拉伯世界儿童文学的先驱之一。编者注

② 塔哈·侯赛因（Taha Hussein, 1889—1973），埃及最具影响力的作家及知识分子，为埃及近代化运动的先驱之一。两岁起失明。曾在艾资哈尔大学学习宗教神学和阿拉伯文学，但不能满足于伊斯兰传统学术。1908 年进入世俗精神办学的开罗大学，1914年以研究麦阿里的论文获得博士学位，后又留学法国蒙彼利埃大学和巴黎大学。回国后任教于开罗大学。编者注

上我们的祝愿。"就是这样，他虽然不情愿，但还是被晋为正式拟稿者、公共作家、家庭誊写人。沉重的任务，即使他的书写，某种角度来说应该是听写他母亲所述，他的母亲不识字，告诉他要传达的信息内容，由他负责组织语言。

她说，他写。写作，孕育了他的母亲之名：哈蒂是他母亲的代言人，或者说代笔者。她为他指定的是什么呢？名字，家庭成员和认识的人的名字："别忘了提及所有与我们亲近的人，每个人的名字都要提及。"一封书信因此是一份详尽的名字陈述；母亲的酷刑是任何一个名字都不能被遗忘。哈蒂的名字则是完全另一回事，应该做的是重新寻回遗失的名字："我书写，但笔在我的指间犹疑。我的词汇储备并不足够。[……] 我猜有一些词汇应该比其他更适合，但我徒劳地努力在我年轻的脑海中尽力回想。"对于词语的担忧和对收信人的忧虑密不可分，也和对自我的忧虑密不可分，在写作中，这种忧虑就是忧虑自己会变成另一个人："我也知道，我的舅舅还有其他大家庭里的人等着阅读的信息，其实是宣告在我们离开沿海城市拉巴特之后我改变了、成熟了。"写作就像这样，预设了一种对一个空间（大家族和大家族中的人）的距离，对自己的距离（一种模糊的流亡感与分别感），以及对某一种语汇（刻板印象）的距离："我给你再读一遍我写的东西，但你坚持要我加上这一惯用表达：'我们很好，我们只是想念你亲切的面庞。'我抗议，但最后还是以按你所说的做告终。"

誊写人是一个稀有、珍贵的存在："你的新朋友们祝贺你有一个这么聪明的儿子。"祝贺，我们要注意的是，它是对母亲说的（毕竟，她才是口述者）。在前伊斯兰时期，诗学家伊本·拉希克（Ibn Rashîq）[①]告诉我们，当一个诗人在一个部族中引人注目的时候，其他部落会来恭喜这一拥有诗人的部落。写一封信，因此是记载母亲的话语，但也是保留、储存、起草自己的话

---

[①] 公元 1000 年左右出生于穆罕默德迪亚，作家、文学理论家、文集编撰家和诗人。编者注

语——潜在的话语，未敢发表的话语，仍处于悬置状态的话语，处于等待状态的话语："我所写下的使另外一些形象产生了，它们将我带到词语没能带我去的地方：旧宅、天台、小巷、邻家女孩和尊贵的拉比亚（Lalla Rabïa），我的想象被她笑意盈盈的杏仁般的双眼萦绕 [……]。"

根据叙述者所言，那封信其实"是一种加入群体的仪式"。不过，《遗忘的游戏》中人物写的小说又是关于什么的呢？这是一种"展开褶皱"，一种对名字的扩写，这些名字大多和哈蒂在母亲的指令下写的信里出现的名字重合了；他写下的每一封信都是预演，都是小说的嵌套。哈蒂在他还不知道的时候，就已经是个小说家了；毕竟，一封信就是一部微型小说，而小说是一篇长信。如果《遗忘的游戏》不是一封写给母亲的信，它又是什么呢？但是，如果说信是以母亲之名写下的，那么小说便是以儿子之名写出的。迦利亚女士（Lalla Ghalia），引导儿子去写作的人，是叙事的起源。并且也是如此，由父亲

指定要成为一个"*râwî*"（传递者）的哈蒂，因
为他母亲不成文的心愿，真的成了一个"*râwî*"，
一名小说家。

# 在拉鲁伊的一页上

 

阿卜杜拉·拉鲁伊[1]（Abdallah Laroui）自己指出一种读他的书《传统与改革》（*Tradition et Réforme*）[2] 的方法，他列出了他觉得与自己明显相似的入门书目。其中一部分是这些书（我们会说它们是欧洲书籍吗？）：圣奥古斯丁的《忏悔录》、帕斯卡尔的《思想录》、卢梭的《萨伏伊神甫的信理宣言》（*Profession de foi du vicaire savoyard*）……另外的部分，则是些阿拉伯书籍：

---

[1] 见第 73 页注。编者注
[2] 卡萨布兰卡，阿拉伯文化中心出版社（éd. du Centre culturel arabe），2009。

加札利的《错误与解脱》（*Erreur et Délivrance*）、伊本·图斐利的《哈义·本·叶格赞》、阿威罗伊的《决定之言》（*Discours décisif*）……尽管这份书单上没有，我们还可以在其中添上伊本·赫勒敦（Ibn Khaldûn）[①]的《提问者的良方》（*Shifâ' al-sâ'il*）[②]，既然阿卜杜拉·拉鲁伊在书中构思出了"一封虚构的与一位居于国外想要寻根的女性的通信"[③]。他还与她分享了她对儿子未来的担忧，这封信对她提出的问题进行了回答。因此《传统与改革》是以对一项请求做出回应这一面目出现的："[……] 我相信可以更容易地回答您的疑问，我亲爱的笔友，因为您并非阿拉伯族裔，您不使用《古兰经》的语言，不生活在它的律令之下，您的问题在本质上是归属感、身份认

---

[①] 1332 年出生于突尼斯，阿拉伯穆斯林学者、历史学家、经济学家、社会学家，被认为是阿拉伯人口统计之父。他是中世纪阿拉伯西部地区（马格里布）最后一位著名哲学家。其著作《历史绪论》被认为是阿拉伯遗产宝藏，有中译本。*编者注*

[②] 由雷内·佩雷兹（René Pérez）从阿拉伯语译为法语，法语版译名为《道与律，或主与法学家》（*La voie et la Loi ou le maître et le Juriste*），辛巴达（Sindbad），1991。

[③] 人们在那本书的封底看到的就是这封信。

知和内心平静的问题。"

就像引言是写作的一项程式一样，我们知道，为回应他人的要求而写作，也是久远的写作传统的一部分：在古典时代，很少有书籍不是作为对指令的回应出现，也很少有书籍不是为了响应一个大人物（像哈里里的集会文学），或一个朋友（伊本·哈兹姆的《鸽子的项圈》），或一个夜间出现的神秘声音（宰迈赫舍里[①]的集会文学[②]）的愿望而出现。这在大多数时候不过是一个开始的章程，一个套路，有点像古代颂歌开头的爱情悲歌。不必说，每个作者都有他们各自的方式来使用它。

---

[①] 宰迈赫舍里（Zamakhsharî），中世纪穆斯林学者、神学家、语言学者、诗人和《古兰经》的译者，他最重要的作品是《凯沙甫》（Alkashsbaf），一部对《古兰经》的经注与讲解，对后世影响极大。**编者注**

[②] 此处涉及的叙述框架不会不让人想起拉鲁伊的另一部作品，《易德立斯手册》（Les cahiers d'idris），开篇由对散乱纸页手稿的回忆开始，一个叙述者开始着手整理及评论这些散乱纸页。发现手稿的过程也有故事：人们在《堂吉诃德》《少年维特的烦恼》《瓶中稿》（Manuscrit trouvé dans une bouteille）、《萨拉戈萨手稿》（Manuscrit trouvé à saragosse）里都可以读到……最后我们需要指出的是，说是应人要求才写作的这一手法最近又一次被阿卜杜拉·拉鲁伊在《政治的权力中心》（min dîwân al-siyâsa）中使用了。

要举例的话这就是一个，《哈义·本·叶格赞》的开篇："你要求我，我慷慨、真挚、富于感情的兄弟，[……] 你让我向你揭示我所能揭示的所有启人心智的哲学。"

又有《传统与改革》中的例子："你的信来得正是时候。我想整理脑海中的思绪已经很久了，我不知道怎么着手。通过忏悔录吗？通过灌输教理吗？通过对话录吗？通过专论吗？某天我看到其中某一种方法的诸多好处，第二天又看到它的坏处。你的信让我得以从犹豫不决中逃离出来。"

这两个开头之间存在巨大的差异。伊本·图斐利对一个男人说话，而拉鲁伊则与一个女人交流。[①] 另外，人们对与伊本·图斐利通信的人一无所知，除了此人对阿维森纳的哲学感兴趣。在引言和结语之外，此人在书的其他部分都很少被

---

① 古代书籍面向的主要对象是男性。我们可以进一步说，的确，女性在诸多情形下，启发了书的写作；这种情况必然发生过，但就我所知，人们从未在任何文本的开头明确陈述这一条。

提及，而与拉鲁伊谈话的对象则经常再次出现，她的形象也逐渐变得更为清晰。除了那已经提到的描写她的四条特征外，还有另外八句："您是一个女人。您出生在国外。您受过世俗教育。您是使用英语的人。您的专业是海洋生物学。您与一位您形容为来自东方的男性离了婚。您住在一个非常混杂的社群。您有一个您深爱的、让您非常头痛的儿子。"总之，这十二条属性，很显然，并非都是出于偶然才被提及的：人们可以将它们当成一个概要来读，或者当成一则对书中探讨的问题的宣告。

于是作者满足一个请求；然而，他强调他自很久以前就渴望通过写一本书，将自己的思绪整理清楚，但他犹豫着不知道该以怎样的形式来写，该将他的想法纳入怎样的体裁，为其授予哪一类别的姓氏。他提醒我们有四种可能性呈现在他面前：忏悔录、教理书、对话录，以及专论。女通信人的信结束了他的不知所措：这书会以书信体诗文（*risâla*）的形式呈现，一种相对松散、开放的形式，有机会时可以包含另外四种形式。

书简预设了一位够格的收件人为前提，她会认真地捕捉被传递的信息，并在此情况下，批判性地捕捉。书的第一章以引人注意的方式题名为"是谁提问？"以这样的方式凸显了角色们的不确定与可逆性。对话的那位女性不仅仅满足于赞同，不像《哈义·本·叶格赞》中那位只限于赞同的衷心朋友，她也争辩，提出反对意见以及提出条件："请您告诉我全部，但您永远不要试图说服我科学只是个圈套、民主不过是个玩笑、女性只是魔鬼的帮凶。在这三个主题上，我是不会妥协的。"

在一些点上，她的家族历史并非与哈义·本·叶格赞的毫无相似之处。这两人都是流亡者；另外，专业为海洋生物学的她，"一年中有半年会在一艘配备了各种装备的大船上度过，对南太平洋上的公海进行研究工作"，这是否是一个偶然呢？在大洋中心的船当然呼应了哈义被

浪打到的小岛……另外，秘密的气息充斥着这两
人的出生起源。哈义，被"遗弃"的孩子，不认
识父亲或母亲中的任何一个人。那位女通信人也
并没有更好的运气：她的"外国母亲"一直处在
阴影中，但她的父亲，毫无疑问是一个"东方人"
（和她与之分离的丈夫一模一样），是个未知，
或几近未知的人。

　　不过，她依旧对她的信仰与她的姓氏保持忠
诚："我设想，与您全部的期待相反的是，您坚
持忠于您父亲的信仰，忠于您几乎一无所知的信
仰，从对您来说只继承了姓氏，并且您本拥有充
分的理由可以拒绝承认的父亲那里继承了这一信
仰。"她保留了"父亲的姓氏"①，而她本可以选
择另一个姓氏，比方说她母亲的姓氏，并且她还
将父亲的姓氏"传递"给了她儿子。"性别"问

———————

① 人们会注意到哈义的名字包含了父亲的姓氏，叶格赞，但他从
　未听说过这个姓氏。而最令人奇怪的是他一直无视自己父亲的
　身份，无视从他一出生就抛弃了他的父亲的身份。就这样，我
　们看到的故事是，主人公的名字仅被作者和读者所知。同样
　要注意的是，《传统与改革》中那位女通信人没有被赋予名字；
　姓氏的问题在这里是存在的，但名字在任何时刻都没被提及。

题重新被提出，通过各种不同的化身：女婿、生理意义上的父亲、代际……就和信仰一样，姓氏并非来自自己，并且早晚都必须要考虑到它，尤其当它成为个人决定的结果的时候："这一选择既非毫无结果，也非完全无辜。要证明这个姓氏是正当的，今天是您要面对的问题，未来是您儿子要面对的问题，为什么您不吸取我没能处理好的经验呢？"

作者确实筹备了一个计划："［……］前往那边，带着一本书，就一本，我将在六个月中思考这本书的内容。"那边指：在意大利的阿尔卑斯山中的"一座美丽的城堡"，那儿一个美国的基金会邀请研究者前往，并保障了促进他们研究工作的资金。至于要思索的书，除了《古兰经》别无其他。

移居国外，前往阿尔卑斯山中的城堡。这也是船，是岛屿不容置辩的另一种形式（别忘了拉鲁伊的一本小说就叫《流亡》[ L'exil ]）。这个计划没有实现，作者还是会写他一直梦想着写的书，他会借由某种授权来书写它："比起阅读和重读史蒂文森和梅尔维尔①，为什么不将自己沉浸在《古兰经》中呢？"总之，这本书会和那位"亲爱的笔友女士"合作，由两人一同撰写。伊本·图斐利没告诉我们吗，在身处一座荒岛上时，人从不会是孤零零一个人？

---

① 指《金银岛》的作者罗伯特·路易斯·巴尔福·史蒂文森（Robert Lewis Balfour Stevenson）和《白鲸》的作者赫尔曼·梅尔维尔（Herman Melville），两人的代表作都与海洋、探险有关。译者注

# 迷人之物

在艾哈迈德·塞弗里奥伊①的中短篇小说集《琥珀念珠》（*Le chapelet d'ambre*）②中，从标题开始他就创造了一种神秘氛围。人们在其中，就像在《奇妙盒子》（*La boîte à merveilles*）中一样，察觉不出尘世和天国间有任何割裂：在其中角色、人物与主对话——主显圣的每个瞬间几乎都是可感的——都那么随意，那么自然。

我们可以拿出许多理由来解释塞弗里奥伊的

---

① 艾哈迈德·塞弗里奥伊（Ahmed Sefrioui，1915—2004），摩洛哥小说家，也是法语摩洛哥文学的开拓者。编者注
② 巴黎，赛伊出版社，1949。

文本散发的魔力。首先需要注意到的是，在《奇妙盒子》中，在《琥珀念珠》中的一些部分也一样，塞弗里奥伊描绘的这个世界，就像一个孩子眼中世界的一样，对孩子来说一切都是演出，所有发生的大事，不管它本身是否普通，都是惊奇感的来源。塞弗里奥伊知道如何——要知道这并不简单——将事物渲染得像儿童视角下的那么新鲜，这种扭转了现实的纯真从最细微处搭建出一个魔术幻灯似的宇宙。

归根结底，他知道如何叙述故事。《琥珀念珠》的叙述者之一大呼："我该告诉你什么呢？我知道那么多精彩的奇遇！我可以说上好多天，我可以每夜都讲而不会穷尽我的回忆。"曾几何时，在并没有离我们很久远的过去，讲述一个故事这一行为并不被看好。可以说明问题的是，对安排好了的小说情节的蔑视，与年鉴学派对事件史的轻蔑不谋而合。幸运的是，如今再没有人会耻于表明他喜爱看传奇故事。但传奇故事是什么？我有一次曾听塞弗里奥伊说，马格里布作者比起小说，在故事上更有天分。为了证明他的话，他指出小说在他的文学传统中的缺失，而故事却在其中占据了中心地位。无论如何，他非常了解他自己能更好地运用哪种形式；他的作品深深扎根于这片土地的叙事传统，但我相信还可以从其作品中分辨出一些能让人想起《一千零一夜》的场景、情况与特征。

就拿题为《朱门》（*La porte enluminée*）的短篇小说来举例子吧。这篇小说中讲述了一个在非斯的街道上游荡的小男孩，他在一扇门前停下："房门打开了，走出两个脚夫，他们搬着一些上面盖有草编盖子的大托盘（midas）。一个奴隶走在他们前面。我跟了上去。我还有什么更好的选择吗？走了不远，那个奴隶在一扇门上敲了两下，门开了，他以及他身后跟着的脚夫消失在走廊尽头。[……]门开了，那名奴隶出现，怒目圆睁，大声喊出一个简单的字：'滚！'（sirr）。"这个小男孩，本该为吃了一片涂有放久了的黄油的面包作为一餐而心满意足，却突然被驱逐，不能去参加庆典。这一幕让我想起来航海的辛巴达的故事中的一段：一个脚夫因为力竭而歇脚在一所大宅子附近，瞥见宅内的奴隶来来去去，佳肴的香味向他袭来，美妙乐声也传入他的耳朵；被欢宴排除在外的他是不幸的……还是这个词"脚夫"，在塞弗里奥伊的文本中被重提了两次的词，将我导向了《一千零一夜》①中的故事。

这两个情境的相似度是惊人的：在这两种情境里，都有一个极其贫穷的人物发现自己处于一所富人的宅邸门前。但这两个故事接下来便出现了分歧：那名脚夫被迎进辛巴达的宅邸奉为座上宾，而那个小男孩则被屈辱地驱逐走了。不过，他并未失去有朝一日会越过那扇门的希望："我离开了，尽管如此我也没有忘记带走我灵魂深处的华宅，它被我放在以我自身血肉为丝线织就的锦盒之中。每一天，我都去坐在心中华宅的那扇朱门前，它最终会向我微微敞开。"就这样，他

---

① 人们还可以想到《一千零一夜》中脚夫和年轻女郎的故事。

在自身身上容纳了那所拒绝接待他的宅邸，他将这所豪宅日复一日地带在身上，以他的方式成为一名脚夫。这个男孩回去坐在门前，呼应了《一千零一夜》中的脚夫，后者每天都前往航海的辛巴达的宅邸，前往他曾被作为贵宾对待过的宅邸。

普遍来说，人们观察到在塞弗里奥伊的记叙中对门槛有极为丰富的想象力，他笔下的门槛有各种各样的变形，也包含多样的涵义：一所房子的入口，开始，范围界限，边界，分隔，谜，欲望与担忧，入门，从一种状态到另一种状态的过渡，比如说从童年时期到成人时代。还是这个小男孩，回到家，在门口处停了下来，并对着家中的女性大喊："请让开路吧，我要通过了。"鉴于他的年纪，他不是为了说这句话，而是想要显得像一个大人，也是因为他爱上了一个年轻女孩，艾依莎（aïcha），他也憧憬着与她之间感官的启蒙。人们想起他并不灰心于没看到华宅的大门微启……

另一个和入口处有关的经历的故事是由短篇《洞穴》(*La grotte*) 供给的：一个男性从他的同胞中逃离，躲进了一个洞穴，但当他想要离开这个洞穴的时候，他发现这个洞穴"过于好客"了，[①]他瞧见了外面有一群狗等着吞食他的肉体。他于是停留在洞口，并且这个文本就在人和一群残暴的狗之间的对峙中结束了。独特的故事，甚至是奇怪的故事，乍看之下人们看不出来想要说什么的故事。种种阐释都是可能的，但作者并没有进一步明确做出任何阐释，他还以这种方式向他的读者提出挑战：由你来做出阐释（这一点，虽然也许并不恰当，但我无法抑制自己想起卡夫卡笔下的《在法的门前》，[*Devant la loi*]）。这种情况下，读者发现自己并非处于一个实际意义的洞穴的门槛上，而是处在他无法发现的意义的门槛上；在此，读者才是处于一扇紧闭的门前，且并不灰心有朝一日能看到门对自己些微敞开的

---

① 众所周知，洞穴是一个多重的象征符号：母亲的怀抱、庇护所、内心……

人……

《琥珀念珠》中的一众短篇小说洋溢着柔情，预言性的语调和宇宙的呼吸贯穿了全书，确确实实地组成了这些散文诗。我无法抵抗去引用这段文字的诱惑，这段关于美苏达（Messouda），一只小母猫的文字："这一餐堪称精致，是由美味的古斯古斯小米淋上一大碗牛奶所做。美苏达一小口、一小口地吃完了餐食，又用粉红色的舌头舔干净碗底。美苏达，我们的小猫，需要很多的食物来哺养自己。从前一天晚上开始，它就体味到了做母亲的快乐。它对它的后代如此骄傲，就像任何一个母亲一样既骄傲又担忧。它的胡须因为沾着牛奶还是白色的，它便已经离开我们去和它的猫咪幼崽们汇合了。"这里还有另一段文字，描绘了一个易碎的幸福的时刻（塞弗里奥伊很擅长让读者与生活和解）："一场芬芳的雪覆盖了树木，落在我们的肩头，又被吹落到地上。群鸟快速地掠过。其中一些嘴里衔着几股绒毛、一簇稻草，其他鸟则衔着张牙舞爪挣扎着的奇形怪状的昆虫。在我们的头顶，一对山雀在它们的巢穴旁忙活着。这些景象都很常见，许多歌曲都采用这样平常的主题。或许是吧！但指出一点极其重要，那就是这统治了大地的信赖的氛围，这笼罩了一切的平静。地球上的一切都正常平稳地运转着。"

在这样的文字前，我必须中断我的阅读，好留给我的精神以闲暇让它更深地浸入到字句中，浸入到它接收的画面中去。换句话说，我读塞弗里奥伊时，是"洋洋得意地抬着头"的。这一源自罗兰·巴特的表述，是想说，如果人"抬着头"读书，并非是"出于不关心，而是相反，因为想法、兴奋感和联想蜂拥而至"①。

---

① 《语言的轻声细语》，*op. cit.*, p. 148。

# 读者的语言

　　艾哈迈德·塞弗里奥伊《奇妙盒子》[1]，也是西迪·穆罕默德（Sidi Mohammed）眼中的世界。对于一个六岁的孩子来说，非斯城被简化为家、街区、市场和伊斯兰宗教导师（marabouts）。如果说家是代表了安全与舒适之所，那么外面就显得危机四伏：西迪·穆罕默德有迷路的可能，被挤满街道的人群踩踏的可能，被毛驴咬的可能，以及被猫抓伤的可能。在家以外也包括古兰经学校，一个充斥着愤怒与恐惧的空间，以

―――――――――

[1] 巴黎，赛伊出版社，1954。

及土耳其浴室，那里上演着程度最高的惨剧，孩子的恐惧可以因为吃一个橘子或一个煮鸡蛋而缓解。

但与这个可感的世界平行的，还有超自然生物的世界。在房子里和人类肩并肩生活在一起的，还有魔鬼与"看不见的神秘力量"，人们必须赢得它们善意的对待。它们被焚香和安息香的香味吸引而来，并且因为它们喜爱洁净，人们用大量的水清洗内院。和它们的来往极为日常、私密（"无声的存在走到一边好让我通过"），但这种交流并不直接。为了与这些"不可见之物的主宰"打交道，人们求助于一位女灵媒，"*chouafa*"，也就是通灵者，她们了解"能使这些影子不攻击人的最有效的话语"。在伊斯兰宗教导师中，是城镇的宗教领袖（*moqadma*）代为交流，但此文的情况是与圣人直接对话，自己就是与神沟通的中间人。

人们知道，所罗门有魔鬼听命于他。西迪·穆罕默德没有这种能力，但"苏莱曼①，大卫之子"
的形象似乎萦绕着他（他的家族这方面的罗曼史
值得被研究）。如同苏莱曼这位有名的先知一样，
他也能听懂鸟类的啁啾，每次当他碰到鸟儿们的
会谈时他都将其翻译成人类的语言。他甚至猜测
冰冷的死物的话语，这是所罗门无法做到的。他
发现他的"盒子"里的玻璃弹珠、钉子、铜指环
都会对他说话；在阿舒拉节（achoura）②的前夜，
他听到仪式用的大蜡烛的火焰通过吟诵《古兰
经》中的经文来庆祝这一宗教节日；每一个风箱，
都有其各自特殊的声音；西迪·穆罕默德母亲的
风箱说："有苍蝇！有苍蝇！有苍蝇！"拉赫玛
（rahma）的风箱则会说："我热！我热！我热！"
或者是："我在受苦！我在受苦！我在受苦！"

当他不在学校的时候，西迪·穆罕默德便和

① Soleiman，所罗门的阿拉伯语称呼。译者注
② 阿舒拉节原意为"第十"，发生在每年穆哈兰姆月的第十天，在
一些伊斯兰国家，如伊朗、土耳其、伊拉克和巴基斯坦等，也
包括非伊斯兰国家如印度，都将穆哈兰姆月定为公众假期。编
者注

他母亲一起度过，在女性的怀抱里度过。有好几个家庭生活在其中的宅院，其实是女性的领地，在那儿男性只在一些特定时间被容许出现，主要是在晚上，在晚祷之后。要进入这一女性的领地，他们需要请求准许（"没有人吧？我可以通过吗？"），只有女性用女性的声音进行了允准之后（"过吧！过吧！过吧！"），他们才会悄悄溜进他们的住所，又缩进另一个单独的小间。这种口头上的简短交谈，唯一男性和女性间的许可，为的是阻止他们眼神相交。

西迪·穆罕默德的家庭和睦而幸福。塞弗里奥伊擅长描写幸福的时刻。万里挑一的，这家的父亲不是一个暴君，他温和，几乎模糊到可以被抹去，极少说话。相反地，母亲说很多，邻居的女性也是如此。男性的沉默寡言回应女性的滔滔不绝；唯一健谈的男性是理发师，这也符合传统。对话语的独揽是克服重重困难才赢得的权力的体现。在土耳其浴室，"所有这些女性都大声说话"。"在家里，她们即使说最琐碎的话也能让墙壁震颤，她们的声带经过了所有考验"，但"没有人听别人说了什么"。与之相反的是，在街上这一男人的领地上，她们变得"失声并可爱地撒起娇来"。

因为不敢打断女性的滔滔不绝，男性听任自己去听他们不怎么感兴趣的故事直到结束。西迪·穆罕默德的父亲"几乎一直忍受着我母亲喜爱的用最阴暗的色调去描述一个事件的叙事。有时一些微不足道的事件会被描述成具有灾难性的规模"。被拘束并且被强制着，父亲日日忍受着这种叙事的折磨；他的妻子强行给他讲她的深夜故事，而山鲁佐德的故事则是对一个要求的应答，对国王的愿望的应答。

但如果所有的词汇都是出自女性之口，有一个单词，更准确地说是一个名字，是她从未宣之于口的，那就是他丈夫的名字，这个名字被委婉地指称为"那个人"。名字在这里是禁忌。说一千道一万，这是女性群体的语言权力的界限。

《奇妙盒子》的各种人物角色都说阿拉伯语，

且没有在任何一刻展现出想要学习另一种语言的欲望。在很偶然的情况下，法语被提到，以不直接的方式被提到，并且带有一种宗教意味。在经过一所庄严的宅邸前时，西迪·穆罕默德感到好奇，想要知道这座宅邸属于什么人。他的母亲告诉他"这是一所基督教徒的办事处"。"——我看到有穆斯林走进去了。——他们与基督徒一起工作。基督徒们，我的儿子，他们富裕并且支付给懂得他们语言的人很高的薪酬。——等我长大了，我会说基督徒的语言吗？——主保佑你不与这些我们不了解的人有任何接触。"但主就此做出了不同的决定。虽然这是在小说叙述内容以外发生的事了，但西迪·穆罕默德之后还是学习了法语。难道他不正是用基督徒的语言讲述他的故事的吗？（书中提及了好多次他的孤独感的秘密，可能就在于此。）

《奇妙盒子》是用法语写的，这一目了然。但并非如此简单。一个摩洛哥作家会用单一的一种语言写作吗？我不这么认为，即使整个文本

都只以法语或只以阿拉伯语呈现。塞弗里奥伊以
两种语言写作，如果说他用法语表述，这种说法
是不准确的。如果冒失而不加辨别地说他首要是
面向法国或法语区读者写作，也同样是不符合事
实且没有根据的说法。那么他是面向谁来写作的
呢？他的读者身份、使用的语言是什么？这里
涉及的并非描绘真实的读者群体，而是隐含的读
者，形象被涵盖在文章中的读者，仿佛是被作者
建构出来的读者。然而，在塞弗里奥伊用两种语
言写作时，就像我说的那样，他和两种类型的读
者有联系，甚至可能是三种类型的读者。第一种
不懂法语，并且由于这个原因，他们一上来就被
排除在外了。第二种懂得法语，但不懂阿拉伯
语。为了这类读者考虑，塞弗里奥伊时不时中
断、悬置叙述，解释文本中播撒的那些阿拉伯语
词汇，比如"*sellou*"，是"烤过的、混合了黄油
和各种香料的面粉"，又比如"*nzaha*"，是"户
外的一部分"。此外，一份"文中所含的阿拉伯
词汇列表"还被列在这本书的末尾。除了其他职

责外，叙述者还行使了译者的职责。然而翻译限定在普通名词以内，不会触及专有名词，后者，我们知道，是完全无法翻译的。只有那些绰号才能逃脱这一规则；这样的例子有 "hammoussa"，意思是 "鹰嘴豆，学校里个头最小的学生"。但主角母亲的名字祖比达（Zoubida），便没有伴随对其的翻译（"小牛油饼干"）。事实上，她的名字是拉拉·祖比达（Lalla Zoubida）。在书末的列表中，塞弗里奥伊将拉拉翻译成 "maîtresse"，这是很可能扰乱非阿拉伯语区读者的理解，将他们的理解引入错误的路径的翻译。情人？学校女教师？ ① 这两者都不是。拉拉（Lalla）一词通常为女佣所使用，她们和她们的女主人说话时会用这个词，但在小说中，这一名称被赋予了一个 "chérifa"，即一名先知真实或者虚构的女性直系后裔。非阿拉伯语读者从那儿开始便错过了许多细微的差别，而这些细微差别使用双语的读

---

① 法语中，"maîtresse" 的意思有 "女主人"、"情人"、"女教师" 等意思。译者注

者（也就是第三类读者）会立马明白。双语使用
者，也就是说懂得法语和阿拉伯语的人，更确切
地说是摩洛哥方言的阿拉伯语（他们也很熟悉一
些《古兰经》的章节），这种读者有一种认真谨
慎的态度，他们不用中间人便能甄别出专有名词
的涵义，也能识别出在那么多长篇大论的解释
背后对应的阿拉伯词语，那些作者认为不适宜
直接引用的阿拉伯词汇。举例有，"一种长长的
罐头肉"其实就是"*khli*"；"拌了糖和肉桂的古
斯古斯小米"是一种"*saffa*"；"洋葱头"是一种
"*ras al-basla*"。非双语使用者不能体会到翻译
的乐趣，也体会不到翻译中产生的不由自主的诙
谐感。人们在这种情况下意识到方言是这本小说
基本的组成部分，它为小说的整体效果出了一份
力。顺带一提，《奇妙盒子》只能由摩洛哥人翻
译；一个黎巴嫩人或者一个埃及人都有可能误入
歧途，与文本确切的涵义擦肩而过，因为他们并
不能完全了解摩洛哥方言。双语读者就这样把自
己付诸人们所说的语言上的偷窥癖，一种对非双

语者完全陌生的状况。特别是在对话场景中体现出来的偷窥癖。如果一个角色说："主会施予你他种种的恩惠"，这种读者立刻就会翻译成："*allah ikattar khirak*"。如果角色说："法蒂玛！何必如此劳烦你？"（法蒂玛刚刚给拉拉·祖比达拿来了两块炸糕），这些读者脑中立刻就涌现出"*aalach tkallafti*"。如果角色说："主会使灾厄远离你"，这句话便被折换成："*b'id labla*。"（这是一种女性的措辞表达，男性绝不会使用这句话，同样也存在男性使用的表达，一个女性也一定会避免使用它。）

这些导致了以下结果：小说家将对话从阿拉伯语翻译成法语，而读者惯于采取相反的行动，将这些对话从法语又翻回阿拉伯语。与写作的特殊性相一致的真正的阅读，似乎是那些掌握作者两种语言的读者的特权。但非双语使用者的阅读，尽管会有局限，也并没有错得离谱，而仅仅是阅读体验不同而已。不过，在两种对文本的阅读都可能的情况下，那便不仅仅存在一部《奇妙盒子》的小说文本，而是存在两部《奇妙盒子》了。无论涉及的是赛弗里奥伊还是其他任何摩洛哥作家，都有必要考虑读者使用的语言。"您用哪种语言写作？"这一问题，只有在当它被另一个问题、一个被轻率忽略了的问题补充后才有意义，那就是："您用哪种语言阅读？"

## 译后记

　　作为本书译者，我并非作者阿卜杜勒法塔赫·基利托心中最理想的读者。[①] 不懂阿拉伯语，也对摩洛哥或马格里布文学所知无几，我完全是通过法语来理解作者的文本的，所以就像作者在文中讨论的那样，想必一些表达上细微的差别，未必没有被我视而不见地略过了。翻译就像解码，不拥有对应语言的钥匙，便无法打开文本的门。

---

[①] 本书得到北大阿拉伯语系袁琳老师的帮助与审订。我们汇总了书中出现的与阿拉伯文学、文化习俗等有关专有词汇与表达，就此与袁老师进行了邮件交流，在此对她表示感谢与敬意。编者注

但如果一个人手里握有两把乃至多把钥匙，人是否就真的可以同时踏进两扇门内，同时以两种乃至多种语言作为栖身之所？我想，这种割裂感正是作者写作本书的出发点，中国读者对于这种割裂应该并不陌生，即使是仅处于单一语言环境的人，面对人们所说的"西方"时也时常感到处境尴尬。

首先，双语主义的题中之义在于文化身份的选择。语言是比民族国家的概念更切身可感、更直接塑造人的文化记忆和思维方式的存在，正如齐奥朗所说，"人不是居住在一个国家里，而是居住在一种语言中。唯一的故乡除此无他"。选择什么语言写作与阅读，就是选择怎样的文化身份。如今，一方面人们普遍认为西方是输出的文化、占有优势地位的文化，这在文学领域尤其明显，阿拉伯语与中文的语境都经历了曾经处于绝对统治地位的一语制的崩塌，与经典直接挂钩的《古兰经》的阿拉伯语和文言走向式微，我们多少抛弃了曾经的诗歌传统，更多借鉴西方文学的叙事传统。另一方面，民族主义似乎成为了总体趋势，人们可以接触的语言更多了，但结论常常重新走向区隔，这就像巴别塔的重演，多样化反而加强了单一性。

其次，即使人选择了"改宗"，选择主要接受非母语语言的信息，乃至选择以非母语表达，也难以真正与母语断交。人很难不用母语思考，很难不对那些难以被翻译乃至不能被翻译的、独属于本民族的词语、事物感到亲切，很难不维持与母语相连的、刻在文化基因中的行为方式。又或者，极力消除自身母语的痕迹，这也是一种对其影响的焦虑。语言选择中，站队似乎是必须的，而无论怎样选择，似乎都会走向对集体的回归，都会面临自我的消弭。

同样我们也要问，语言乃至文化的纯洁性是否真的存在呢？所谓传统，是否是一成不变的？是否我们眼中民族文化独有之物，我们眼中具有独特性的传统，就像所谓的"东方"与"西方"的对峙一样，至少部分地，是由人构建出来的？

又是否存在更普遍的价值，是可以跨越民族语言的区隔？

所以作者除了讨论语言的区隔、翻译或者说阐释之难，也着力于新的对话的可能性。阿卜杜勒法塔赫·基利托所援引的文本，使得对话成为可能，或者说使得两种文化身份并存成为可能，它们基本是作者带有乡愁色彩的个人回忆，保留了阿拉伯文化及生活中维系民族记忆的事与物，在使用小说形式的同时借鉴了传统文学，另一方面又与阿拉伯语本身保持了距离，是向不同阐释、不同背景的读者都敞开的文本。这也让我们思考，在如今的中国，文学可以探索的方向是什么，可以继承文脉的创作方式是什么……

**图书在版编目(CIP)数据**

我说所有语言,但以阿拉伯语/(摩洛哥)阿卜杜勒
法塔赫·基利托(Abdelfattah Kilito)著;武苇杭译
.—上海:上海人民出版社,2024
(阿卜杜勒法塔赫·基利托作品集)
ISBN 978 - 7 - 208 - 18762 - 7

Ⅰ.①我… Ⅱ.①阿… ②武… Ⅲ.①阿拉伯语-文
学研究-世界 Ⅳ.①I106

中国国家版本馆 CIP 数据核字(2024)第 053454 号

| | | |
|---|---|---|
| **策　　划** | 字句 lette | |
| **责任编辑** | 王笑潇 | |
| **特约编辑** | 苏　远 | |
| **封面设计** | 彭振威 | |

Originally published in France as:
Je parle toutes les langues, mais en arabe
by Abdelfattah Kilito © Actes Sud, 2013
Current Chinese translation rights arranged through
Divas International, Paris
巴黎迪法国际版权代理

阿卜杜勒法塔赫·基利托作品集
**我说所有语言,但以阿拉伯语**
[摩洛哥]阿卜杜勒法塔赫·基利托 著
武苇杭 译

| | | |
|---|---|---|
| **出　　版** | 上海人   出版社 | |
| | (201101   上海市闵行区号景路 159 弄 C 座) | |
| **发　　行** | 上海人民出版社发行中心 | |
| **印　　刷** | 上海盛通时代印刷有限公司 | |
| **开　　本** | 787×1092   1/32 | |
| **印　　张** | 8.25 | |
| **插　　页** | 3 | |
| **字　　数** | 103,000 | |
| **版　　次** | 2024 年 5 月第 1 版 | |
| **印　　次** | 2024 年 5 月第 1 次印刷 | |
| | ISBN 978 - 7 - 208 - 18762 - 7/I · 2137 | |
| **定　　价** | 56.00 元 | |